大美中国——

最忆是杭州

赵健雄 ◎ 著

三环出版社
SANHUAN PUBLISHING HOUSE

图书在版编目（CIP）数据

最忆是杭州 / 赵健雄著 . —— 海口：三环出版社（海南）有限公司，2024. 9. —— （大美中国）. —— ISBN 978-7-80773-297-6

Ⅰ. I267

中国国家版本馆 CIP 数据核字第 2024TQ3197 号

大美中国　最忆是杭州

DAMEI ZHONGGUO　ZUI YI SHI HANGZHOU

著　　者	赵健雄
责任编辑	符向明
责任校对	华传通
装帧设计	吕宜昌
出版发行	三环出版社（海口市金盘开发区建设三横路 2 号）
	邮　编　570216　邮　箱　sanhuanbook@163.com
社　　长	王景霞　　**总 编 辑**　张秋林
印刷装订	三河市同力彩印有限公司
书　　号	ISBN 978-7-80773-297-6
印　　张	13
字　　数	150 千字
版　　次	2024 年 9 月第 1 版
印　　次	2024 年 9 月第 1 次印刷
开　　本	690 mm × 960 mm　1/16
定　　价	68.00 元

序

　　双休日，加上挤占一点前后的时间，如果安排紧凑些，足以到甚至很远的地方去作一次旅行。你所在的世界仍然按照原来的轨道在运行，而你却得以从中逸出，进入另外一个空间。当你带着许多新鲜的记忆回到平时所待的办公室，会觉得自己仿佛完成了一桩神秘的使命，这种经验常常使我联想到科幻影片中若干穿越时空的描写。

　　因为有了另外的体验，你会觉得眼前的世界有些虚假，更强烈地感受到它是可以轻易跨越的。这与那些总是待在一个地方的人，行为方式便可能大不一样。一个人，当他感到自己随时可以逸出，就有了更多自由的感觉。这是现代人的感觉，古时候只有极少数隐士可以做到这一点，直至几十年前，也只有极少数人能够做到这一点。目下随着经济搞活，人的余地才大起来。随着社会的发展，人们的生活方式和选择变得更加多样化，个人的自由度也大大提升。不少人跳槽，其实只是想试一试那种感觉，即离开原先的轨道，看一看在另外一个地方与层面上，世界与生活可能是什么样子的。

　　当你看到那一切之后，会觉得原来的处境很像一出戏，你第一次有了看客的感觉，这使你认识到自己可以拔脚走出门去，而且幕也是会落下的。生活因此不一样了。

　　一个盛行旅游的社会必然是自由的社会，出游不只使你获得休息及新鲜的刺激，它还改变你的世界观。从前说一个人要成才，须行万里路，读千种书，读书与行路，都能开阔一个人的眼界，而这是成就大事的前提。

　　归根结底，有宽阔的眼界与活动范围，才能有相应的成就。

　　永远不要停留在一地，如果你希望自己过得精彩，那么就走吧，用脚，也用思想。

最忆是杭州
Contents 目录

阳光真好

　　春天真好！阳光把世界变得近于透明，阴霾的天气中看过去模糊不清的远山现在就像伸手即可触摸，我想，说江山如画的那个人一定是在这样的日子里才有感而发的。

　　憋了许久的养鸟人纷纷提着笼子赶来，于是葛岭一带充满啁啾的啼鸣，山顶初阳台，是当年葛洪炼丹的地方。

　　我是把魂儿安放在自己心里的，通常也就不拜无论何种神圣，即使实际上存着敬畏亦并不放在脸面上。而最伟大的神圣难道不是太阳？在它普照下始有人类的生存。春天是太阳的节日，每天能领受它的恩惠多么幸福！忽然就有点可怜那些迫于谋食或谋利的压力而不能在太阳下面享受生活的人。见不得阳光不是一种至深的悲哀吗？

春草已在悄然不知间绿了，仿佛猛地，山川就被涂过了颜色。谁能说出草芽是哪一天冒出地面的？恐怕极少人注意到。我们更多关心的是自己眼皮下面的蝇头小利，对大自然那种"天人合一"的由衷欢喜，已经很罕见了。不由得感叹在这个人人胸怀世界的时代，我们多数人胸怀的不过是人造的由水泥与电器堆砌起来的世界罢了，至于天空、宇宙，虽然与我们的生存有着莫大关系，但因为其遥远，又因为其阔大，恐怕倒是漫不经心者居多，真正深刻关心的大约只有科学家与哲学家以及天良未泯的孩子。我见大商场里也有天文望远镜卖，甚至有些惊奇。

人与大自然的距离真是越来越远了，像陶渊明那样淡远的诗句"采菊东篱下，悠然见南山"，现在还有多少人能吟得出来呢？即使隐士也"大隐于市"了，而在车马的喧嚣中，山水便只能成为一种背景。

近来我是天天到西湖边及宝石山上去的，即使这样，似乎一无所思，只倾心于山水，居然也没能在最初的时候就注意到冒出地面的草芽。待得看见时，它已蔓延成一片新绿，蔚为壮观了。

物理学家霍金是瘫在轮椅上搞研究与过日子的，他与这个世界的接触与联系几乎只通过思想，而思想居然成为这样一种与自

然脱离的东西（它恰恰发生在霍金的头脑里只是偶然吗？），令我有说不出的难受。

那么，还是放下笔，到湖边再去走一走吧，春草是这样诱人。

青草的气味

　　因为下雨，几天不去宝石山了。再上山的时候，最令我激动的不是满坡春色，而是那种青草的气味！虽然科学家说人体接收外界信息，95% 以上都通过视觉，但对人影响最深刻的，却往往不是视觉，譬如气味于人的作用就要更潜在，某种程度上也更根本。有资料说，两个人相爱，气味就起了相当重要的作用，而我们平时所注意到的不过是种种外在的面目、学识、地位与品质而已，这个领域至今少人研究。但我据自己的体会，觉得是很有道理的。记得自己第一次在草原过夜，最触动我的正是那种混杂着青草与牛屎的气味，令人忍不住深深呼吸，其他则几乎一无所见，只有走远了，回过头来看蒙古包的一星灯火，才有种异常的亲切感。

　　我相信，登山于健康更有益的便是这树与草的气味，它在无形中陶冶人，令你超凡脱俗，得到一种心灵的安宁。同样，都市的紧张也通过汽油与尘埃的味道传递出来；而说到战争，浮上我们记忆的，首先不就是硝烟的气味？

　　这个世界要有真正的安宁，让我们周围经常充溢青草与树的气味是很重要的，而一个人要生活得幸福，绝不可长久离开这些气味。

　　其实气味的重要性现在被远远低估了，不但我们食之有味的"味觉"大部分是气味在起作用，情绪的稳定与否也在相当程度上取决于气味。目下有人在研制能散发出气味的计算机，那么用它进行的游戏一定会更加吸引人，甚至叫人情不自禁地沉迷。

　　登山想起这些，未免离题稍远，还是使劲多闻些青草味吧，真香啊！

那些早已飘散的暮鼓晨钟

——北山街寺庙遗构零拾

北山街一带，最出名的宗教建筑非葛岭上的抱朴道观莫属，这也不是原先的建筑了，前几年一个雨夜，道观毁于大火，只剩下框架，现在我们看到的乃是据此重建之物。

历史上这里寺庙更多，因为各种原因，竟都成了"遗构"。（不知道谁发明的这么一个词）

我差不多每天经过北山街，那是为了亲近自然，向来不大注意古迹。也不知道由于什么契机，突然对此产生兴趣，乃有了如下一组短文。

佛道之争，在中国已有两千年的历史。大体上现在寺庙香火鼎盛，道观则不大有人问津，我注意到这个现象有些日子了，始终不得其解。按说道教才是纯然本土的出产，应当更具生命力。

仅从北山街现状来看，倒是佛教的寺庙荡然无存，而道观仍在。那座道观里，偶尔还可以看见洋道士。

玛瑙寺

玛瑙寺就在上葛岭必经的路边，这次整修北山街，迁出居民，把它重新辟为一处景点。

寺未再建，仅留着原址。在此边上，兴造起一些据说根据旧样复原的楼阁（主要是从前作为僧房的厢房），颇有韵味，虽不大，因后边衬着山，倒也有些气势。

关于此寺，明末文人张岱在他的著作《西湖梦寻》卷一中作过如下描述：

> 玛瑙坡在保俶塔西，碎石文莹，质若玛瑙，土人采之，以镌图篆。晋时遂建玛瑙宝胜院，元末毁，明永乐间重建。有僧芳洲仆夫艺竹得泉，遂名仆夫泉。山巅有阁，凌空特起，凭眺最胜，俗称玛瑙山居。寺中有大钟，侈弇齐适，舒而远闻，上铸《莲经》七卷，《金刚经》三十二分。昼夜十二时，保六僧撞之。每撞一声，则《法华》七卷《金刚》三十二分，字字皆声。吾想法夜闻钟，起人道念，一至旦昼，无不牿亡。今于平明白昼时听钟声，猛为提醒，

大地山河，都为震动，则铿鐍一响，是竟《法华》一转《般若》一转矣。内典云：人间钟鸣未歇际，地狱众生刑具暂脱此间也。鼎革以后，恐寺僧惰慢，不克如前。

似乎重点在说钟声和寺名来源，张岱的文字我历来喜欢，也许是因为玛瑙寺不复存在，对此段并未过多留意。

记一地方主要写其声音而传神，这是很少见的。

重修后的玛瑙寺旧址已无大钟，也就很难体察张老先生那种虑及地狱众生的情怀与感悟。

从历史记载来看，北山街从前是佛门圣地，也就因此，近代以来，随着社会的世俗化而逐渐沦落，像清代体量尚很大的玛瑙寺，就是1929年为拓宽葛岭路仓促之间被毁坏的。

此次修复前，这里已成一处市民聚居的大杂院，我途经曾进来细细看过，除那几棵大香樟树外，全无佛门气息了。

重修之后的玛瑙寺，更像一处私家花园，景物与气息都是温暖宜人的。我喜欢，但不知道这样的做法是否恰当？因为如此一来，便不再具有原先的意味与精神性，只是一处凡俗的风景了，而这样的风景西湖周边并不缺乏。

玛瑙寺只剩下一个名字，而以可刻图章的玛瑙石出名的山坡上早就没有玛瑙石可寻。

智果禅寺

智果禅寺如今只剩一道山门，此外的建筑早在不知什么时候就毁了。

此寺最初在目下岳坟处，后原址建了岳王庙，禅寺就迁到这儿。有多大规模，香火盛不盛，都不太清楚，也找不到相关资料。

比之入世的英雄，到底是出世的菩萨淡泊。

我路过山门无数次，从来没有进去看一看，知道是些世俗的单位与居民，无端登门，人家会奇怪的，另外我对佛教也没特别的兴趣。

但这个寺名，有意思。

禅宗是重智的，读历史上的禅宗故事，常常叫人拍案称绝与忍俊不禁。

如果与此联系起来，那么只剩一道山门的智果寺，本身就像一句禅语，在阐述虚虚实实的佛理。

门当然不算寺，但这道山门难道不是切实留下了一个禅寺的身影？

顺着山路上去，也许多少还能寻到一些别的痕迹，但就禅意来说，一种象征已经足够。

门的两端，是并不对称的墙，一边略长些，一边相当短，也就是一种样子。

想象从前佛徒在寺里说禅论道，以别出心裁取胜（这是我对禅宗的印象，大抵是不确的）；更早些，中国本土的名家，就以善辩见长（如著名的白马非马说），智者享受思想的快乐，是历史何其悠久的事儿啊。

那样一种快乐绝不比物质的创造与占有稍逊。

据说苏东坡当年在杭州当太守，曾于一年寒食次日来这里看他的老朋友参寥子，但尽管"平生未尝至此，而眼界所视，皆若素所经历者"，并即口说出，"自此上忏堂，当有九十三级"台阶，

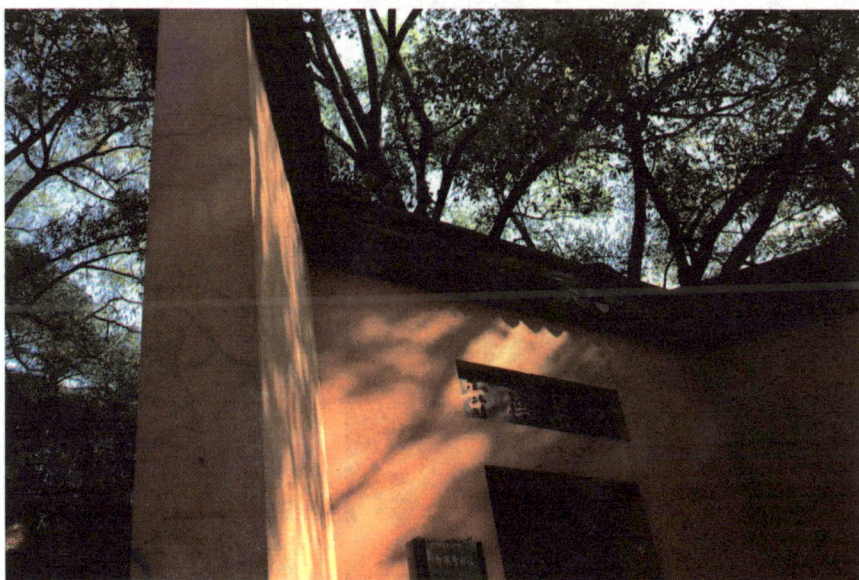

而随从"数之，果如其言"，他因此认定自己前生乃此寺僧人。并言"吾死后，当舍身为寺中伽蓝（伽蓝，护法神的意思）"。参寥子也就随后"塑东坡像，供之伽蓝之列"。

现在当然找不到护法神模样的苏东坡了，也不知道那尊塑像是什么时候毁损的。至于他老人家的经历该如何解释，有没有作秀成分，我等凡人不好妄测。

虽然数百次经过那道山门，但我至今没跨入过，不知道跨入之后是否就能体会到"遁入空门"的感觉？

大佛寺

大佛寺，元明之际亦称大石佛院。现在旧址除一片可以透过树叶看见湖面的山间空地，周遭已被民居挤满，这里是我上山经常走过的地方，标志性建筑有一座从前味道不那么好闻如今状况却已大为改善的公厕。

那一大块依稀像尊坐佛的石头，据说就是始皇揽舟处，公元前

210 年，那位统一了中国的皇帝前往绍兴祭祀大禹陵途经杭州，曾将御船停泊于宝石山旁，当时山下便是烟波浩渺的钱塘江。（想想这么一幅画面，就能理解什么叫沧海桑田，而今人追名逐利的蝇营狗苟乃显出多么短视与渺小）

宋朝时，奸臣贾似道的山间别墅就建在附近，他时常乘坐一种用绞动盘车拉动的轻舟，到西湖对面位于凤凰山里的皇宫去上朝，据说这块石头就被他用作系缆的石桩。（设计原理颇近于现在的缆车，只是在水面行走而非凌空而过）

他倒台后，思净和尚（一说志琳）将这块岩石凿成半身佛像，再修庙堂以容纳其间，这便是有名的葛岭大佛寺。

而清代乾隆皇帝关于此寺的四块碑记因被嵌入民居墙壁，乃得以保存。

张岱曾有《大石佛院》一诗，其中写道："宝石更特殊，当年石工巧，岩石数丈高，止塑一头脑。量其半截腰，丈六犹嫌少。问佛几许长，人天不能晓。但见往来人，盘旋如虱蚤。而我独不然，参禅已到老。入地而摩天，何在非佛道。色相求如来，巨细皆心造。我视大佛头，仍然一茎草。"

这位早年浪掷人生、改朝换代之后却坚守旧执的没落文人，倒有一种比大佛更宏阔的气势，令其对世间荣华生出一种居高临下的睥睨，乃有不少千古妙章存世。

宝云寺

杭州从前与龙井茶齐名的，是宝云茶，这宝云茶的产地就在宝云寺周边。

现在很少有人知道宝云寺了，它的旧址在静逸别墅西北，离西湖很近的地方。20世纪初，一个叫梅藤更的英国医生把它改建成一座专治肺病的医院，现在既有外观仍可清晰见到清末小型寺庙的建筑风貌，如木结构框架、正厅门檐下的方石柱、木构廊道、方砖铺砌的屋基地面。

佛教讲慈悲心肠，这与医院治病救人是一致的，一座由寺庙改建的医院，冥冥中或许还能得到菩萨保佑吧？

大概那时宝云寺就很少香客了，否则英国医生大可寻别处去悬壶济世的。

苏东坡居杭州时，在《次韵仲殊雪中游西湖二首》里提到过此寺："宝云楼阁闹千门，林静初无一鸟喧。闭户莫教风扫地，卷帘疑有月临轩。水光潋滟犹浮碧，山色空濛已敛昏。乞得汤休奇绝句，始知盐絮是陈言。"

其中有的典故如今已难解其意，但透过字句，当年宝云寺临湖望山的清韵仍可约略感觉到。

还有比西湖边的山上更好的修庙处吗？不知为什么，这些寺庙都寥落了。

昭庆寺

昭庆寺严格来说，已在北山路之外，亦把它写入此文，一是地理上相距甚近，二是这一带保存尚完整的寺庙建筑也只有从前属于它的大雄宝殿了，不过早就挪作他用，成为青少年活动中心的一部分，儿子幼时，常带他去那儿的游乐场玩，也看过置身于旧日宝殿中的恐龙遗骨展览。

此寺从前规模并不比灵隐小。

最出名的是一年一度的香市，张岱在《西湖梦寻》中记载："悬幢列鼎，绝盛一时。而两庑栉比，皆市廛精肆，奇货可居。春时有香市，与南海、天竺、山东香客及乡村妇女儿童，往来交易，人声嘈杂，舌敝耳聋，抵夏方止。"

所谓香市也就是庙会，即借春天香客云集之时，进行大规模的集市贸易，没有比这更具世俗气息的活动了。

这种遗风，现在还能约略看到其影子，每年此际，各地仍有大量香客（多是老人）拥入杭州，虽手举黄旗，也烧香拜佛，但更近于踏青旅游。看他们成群结队，其乐融融。我想这也是佛的意思吧？慈悲为怀的菩萨，无非叫天下人都得大欢喜。

不知道是否还有另一种宗教有如此世俗的关怀，这是自印度流入的佛教与中国本土文化融合的结果。

昭庆寺乃中国三大戒台之一，戒台是向信徒传授戒律处，只有大的寺院才设置。昭庆寺负此盛名，足见其地位。

人生如雪

　　不知道从什么时候开始，纷纷扬扬的雪花在暗夜里已飘落许久了。

　　说是"春雨贵如油，润物细无声"，其实真正无声无息的是雪，如果不是住在楼房里，融化而成的水珠滴在窗檐上，发出下雨一般的声响，睡梦里的你完全无知无觉。

　　早晨起来，推窗见世界已成一片白色，不禁大惊，也大喜。

　　如果叫人惊喜的都是这样的意外，那有多好啊！

　　晓得春雪是一刻也闲不住的，所以不敢到稍远也更热闹的地方去，怕行人的脚印早就破坏了雪后的完美，于是拿着相机，就

在近便处按快门，试图把这短暂的景致留作永恒。

一株树，一棵草，一条习见的街道，两边错落的楼房，都因为雪的亲昵，完全改变了模样。

北方的雪是干燥的，一旦落下来，可以经久不化，坚持整个冬天。风吹起细小的雪珠，如雾如霰，有一种振奋人心的力量。

南方的雪则是柔软的，富有黏着性，它可以贴在细细的竹竿上，就像浓情蜜意的爱人。

地上却是随即化成的雪水，形成与洁白相反的污浊，如此强烈的对比让人如同自己受到了蹂躏。但抬起头来，眼前美景依然，即便一道铁栅栏，由雪花一装饰，也就有了飘逸之气。

最让人惊叹的是已然开放的红梅，顶着厚厚的雪花。红是最容易让人兴奋的颜色，有了白雪映衬，红花也就更加鲜红了。

想来这样的风光也是千年常有的。

就在忙着拍摄的当儿，雪由密而疏，渐渐停了，地上的积雪眼看着它们融化，不过一小时光景，眼前的景象就变得如此残破了。

忽然想到人生，不也这样转瞬即逝吗？

你尚未来得及感悟到一些什么，来不及创造也来不及享受，它就过去了，或即将过去。

谁能留住春雪？我们所能做的，至多只是留下它的影像。

下午，坐在电脑前处理素材，时悲时喜，而外面已然无雪。

第二天听说山上的角落里仍有残雪，上去找了一阵，可惜荡然无存。

下得山来，看见一个身着中国古装的欧洲女人，坐在西湖边的椅子上，用毛笔按西方绘画的方法在写生。

她画的是中国画，但显然又不是中国画。至于这个女人为什么痴迷中国的水墨，我不得而知，这是一种像雪花试图覆盖地面一样的努力。对此我有些羡慕，也有些怜悯。

她可能永远都学不好中国画，但这却无妨她高兴地穿着中国元朝的袍子。

江南，许多花已经正要开放，还会有雪飘下来吗？

我期待着，却又若无所待。

梅事日盛，总是好消息

还是灵峰的梅花有名，尽管只是含苞初放，可游人早已蜂拥而至。相比之下，西溪的梅花已然盛开，却远没有那么多看客，无疑是更适合的去处。

赏梅是雅事，如今西溪有那么多老梅，就因为这里居住过不少文人墨客，以梅为伴，为我们留下从前的疏影与暗香。

但在自己年轻时，这么一种传统，曾遭到颠覆。

我对梅花的印象首先来自毛泽东的词《卜算子·咏梅》：

> 风雨送春归，飞雪迎春到。已是悬崖百丈冰，犹有花枝俏。
>
> 俏也不争春，只把春来报。待到山花烂漫时，她在丛中笑。

记不得是什么时候读到这首"读陆游咏梅词，反其意而用之"，写于 1961 年 12 月的领袖作品，因为公开发表乃是几年后的事。

至于陆游原作《卜算子·咏梅》的韵味则完全不能了解：

驿外断桥边，寂寞开无主。已是黄昏独自愁，更著风和雨。

　　无意苦争春，一任群芳妒。零落成泥碾作尘，只有香如故。

　　那种孤芳自赏的清高与落寞，要许多年后才能体会。

　　1966 年年底，我在就读的中学成立了自己的小组（学生组织的叫法），用了一个近乎奇怪的名字——"梅花欢喜漫天雪"，不但字数多，而且太诗意。它来自毛泽东的另一首七律《冬云》中的原句：

　　梅花欢喜漫天雪，冻死苍蝇未足奇。

　　不知道毛泽东是否还写过关于梅花的其他诗句，公开发表的似乎也就这些，而以梅花为创作题材，本来就源于传统，毛泽东擅长的旧体诗，更是传统文化习用的载体。老人家得心应手，一直舍不得放下。

这些，当时十多岁的我并不了然。

正是那时，我初次尝到做媒体的快意。心中暗想：如果将来能以此为业，就幸福了。这看起来几乎不可能，因为"出身"有问题。

若干年后，世道变迁，我真的做了报刊编辑，尝到这个职业的全部快乐与悲伤，直到今天，仍然欢喜。

我也渐渐喜欢上了赏梅，尤其是近年，每到初春，总要抽时间去看看。还在自家窗台上养了一盆梅桩，通常比哪里的梅花都更早开放，当然与品种有关，是不是也因为渗透了我的爱意？

要到许多年后才能理会，自己年轻时沉迷其中的"浪漫"，虽然包裹着外衣，但仍是源自传统的东西：传统的统治术，传统的观念与做法，只是被剥离了传统中比较温润的那一部分。

和梅花有关的，一直是传统中温润的部分。如今越来越多的人喜欢梅花，这些日子杭州每天都有万人以上去灵峰探梅，而西溪湿地也恢复了不少与梅花相关的故居与旧迹。

在梅花拥簇下，人生原是可以散淡地幸福着的。

而对于这个世界来说，梅事日盛总是好消息。

雨湖之妙

　　苏东坡曾经备述西湖之妙，诗云："水光潋滟晴方好，山色空蒙雨亦奇。欲把西湖比西子，淡妆浓抹总相宜。"老先生一生经历坎坷，世间的各种滋味都体会过，评论事物的眼光也就格外宽阔。但在明末文人张岱看来，则是"晴湖不如雨湖"了。

　　今天下着微雨，中午来到湖边时，堤岸上寂无人影。雨幕或是雾气弥漫在湖上，彼岸因为看不见而显得无限遥远以至近于空无了，这很像宇宙本来的面目。一只游船从仿佛溟蒙中驶来，在湖面激起圈圈涟漪，因为没有阻挠，这涟漪竟如此完整而固执地延续开来，好像一直要包容了整个世界，令我有一种眩晕感。

晴湖之好，是说得出来的好，雨湖之妙，则无法以言语道断，这很像佛教西天与俗世的区别，有境界高下之分。我不知道张岱的意思是否亦在此，他明亡之后居山中，即使不入佛道，也有点佛道的心情了。作为一个世家子弟，早年又放荡风流过，晴湖的味道自然也是知道的，但国破之后心情便大不一样了。俗世的"空"与佛陀所言之空当然不是一回事儿，但许多人不正因为体会了前者才遁入空门吗？

也许佛就得让你吃过苦，才允你得享此中三昧。

空门之妙，我至今不能领，但雨湖的味道还是懂的。这是不是说，自己也有一点佛性呢？

树 们

过了梅雨季节，这山上的树就绿得深了。尽管是老相识，我却认不出也记不住大多数树的模样，当然也能分辨出松与柳，但差别较小的譬如云杉和另外什么树，于我眼里，就几乎只有一种面目。这像在国内看欧洲人，差不多一个样子。

每天在树们间穿行，得享绿荫，呼吸新鲜空气，但即使有人为我逐一介绍，也无济于事，仍不知其名。

只觉得自己完全消融在那一片绿色中，相识与不相识都成了身躯的一部分，人是用不着弄明白并记住每个细胞的学名与功用的。

在枝叶间缠绵的有松鼠与鸟，而我很少抚摸一下那历尽沧桑的树干。记得小时候，看人练功，有一种办法是把手臂往树干上摔打，弄得砰砰作响，心想，这很痛吧？尽管自己那时多少也有受虐倾向（这几乎是一种时代病），却不敢这么做。现在替树们想一想，如此无端被抨击，该很伤心吧！

树们才是真正的老庄派哲学家，什么都看到了，也经受了，却仍然不张狂，甚至不愤怒，大智若愚，只是默默地注视着眼前的一切。它比人类的耐心要好得多，所以经多少世代而不衰，就因为这份节制与坚韧。

树们的低语我听不懂，只是觉得温柔与甜蜜，永远不吵架，

也不开心地大笑。

　　到了树林深处，会觉得自己进入了一个梦境。那是我们远古先辈的居住地，当人生活在树林里的时候，日子一定比现在过得安详吧？

　　这么说来，我是个喜欢怀旧的人了。

纠 结

　　春天路过北山街的时候，见岸边有人手持长竿，系着网兜在捞鱼。

　　也有大的，多数是小的——小鱼遇到生态发生改变时撑持能力想来更差些，而鱼之所以会成群结队地发呆与死亡乃因为管理部门往湖中撒了石灰。

　　这事发生在荷花区，撒石灰的意义与作用何在，不甚了了，大概总是因为有利于荷花生长吧？

　　那么，至少在这一点上，荷花与鱼是相克的，人们助了荷花的生，便夺了鱼儿的命。

　　荷花是看得见的，鱼儿则在水下。

　　为美而杀生，这算不算罪，又该当何罪？说不清楚。

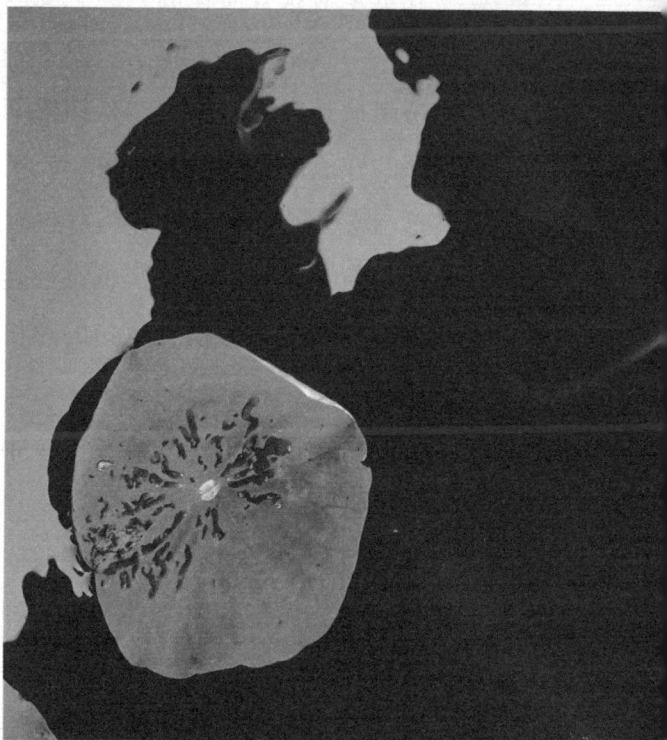

撒了石灰的湖面水质混浊，一点儿不好看。

不记得从前有过类似做法，或许是自己没注意，亦可能科学发展，认识有了进步。

也不知道人们捞回去的鱼是否拿来果腹，因为乃罹石灰之害，食之恐无大恙，而这个过程是不是有点像做皮蛋？

我从来没吃过皮蛋味道的鱼，吃过的莲子是不是在撒了石灰的水中结出来的，也不知道。

看着撒过石灰的湖面像是受了污染，不自觉地就有一种愤怒。人类戕害大自然的无耻行为太多太多了啊！这次大概不是，虽然害死了一些鱼，本意或许并非满足人类私利，但也说不定，因为追求赏荷的快意只能出于人们的审美欲望。

我也是喜欢看荷花的，但想到以杀生为代价，心中未免有些别扭。

待新荷长出来后发现，植株稀疏，荷叶则往往扭曲着，一副病歪歪的样子，是多年未见的。

这与春天的行径有没有关系？不知道。

鱼与荷花之间的关联，也许远胜于我们了解的。人类为了荷花所做的事情很可能伤害了鱼的感情，它们稍有动作，就让荷花黯然伤神。

看着往年浓浓密密的荷花，今年高低不一，彼此之间有大片空隙，经常听见游人因此喟叹，报上则说：荷花生病了。

我经过湖边，也往往忍不住叹一口气。真是世事难料，为荷而殃及池鱼，或是意料之外的事，但对荷花，初衷还是好的，想不到会这样！

专家与园林工人采取了哪些救助措施不得而知，到了荷苞初放的时候，情况仿佛得到了纠正，不只如此，今年的植株长得异常高大，花儿也格外繁密，至于那些空隙不知什么时候起看不见了。

这是春天撒石灰的作用吗，还是去冬砍掉所有旧荷所致？

闻着浓烈的荷香，所有曾经浮上心头的不快都淡去了。这让我想起一个词及它代表的意义，那就是革命。革命后果难料，因为破坏大，牵涉方方面面，往往不知道最后会出现什么样子——也可能是最好的，也可能很差。

所以大多数情况下，我们宁愿维持现状。

看着高过自己头顶的荷花在风中摇晃，是多么叫人喜欢的事儿啊！尽管天热，还是有许多游客到湖边来拍荷花的照片，有的只拍荷花，也有的与荷花合影。

拍照的人这样多，以至远远看去，像是集合——在美的感召下，这是多么伟大的景观。

如斯，一冬的犹疑、一春的不安，都不复存在。

但我仍不能不想起那些死去的鱼，默默地，在心里哀悼那些牺牲者。

平湖春夜

　　傍晚时分，白堤东端的广场上尽是放风筝的人，和我年幼时不同，一是风筝都漂亮了，绝少那种简陋的蝌蚪，且多非自己制作，所以往往雷同。二是放风筝的几乎都是大人，即使孩子也有大人在一边陪伴，令我感到现今儿童的世界似乎小了，他们的疆域不断被侵犯与蚕食，而没有自己的失败，何来自己的成功？

　　夜色是逐渐浓起来的，风筝也就渐稀。我遂往堤上走去，天还凉，岸边的长椅多有空位。坐在那里，任晚风拂面，看远处的山影慢慢消失，最后完全浸入夜色中去。此时湖岸与长堤上华灯

俱放，如梦如幻。我不禁想起百余年前，两位清朝士人在此的一
席对话：

甲曰：君好夜游，何不以灯继月？
乙答：焉得如许灯使全湖皆白乎？

不过一个世纪，如今的夜游者谁还会有此忧心呢？情侣们怕
是不患寡而患多吧？反而觅灯光暗淡处去。
但湖上的渔火是不可见了，此亦为一憾，否则在如墨的水面
上，远近闪动着些微光亮，我想是要比华灯更诱人的。

宋城有感

　　作为一处旅游景点，宋城也没有什么不好。它让人可以直观地看见、触摸甚至进入历史，在漫不经心中，多少熟悉了近千年前的民俗与风情。对我来说更有一种莫名其妙的自豪感，曾与同游的友人戏称，那正在骑马巡行宋时装扮的将士是"赵家军"。的确，这里看不见国家将亡的衰败气，只有苟安中的繁荣甚至奢靡。这也不能说有多么不妥，因为终究是一处旅游景点。但一些风光却明显地不甚合宜，比如那些水泥塑造的巨大的仙人柱，仅从审美上来看也许不错，然而这可能是南宋的时尚吗？要知道那一阵儿，更南之处只是蛮地。

　　这就会带来一些误植与误解。其实南宋时尚更多受到的是北方影响，即使今天我们仍然可以从杭州的风俗和语言中感受到这种影响。而在宋城，这种影响或许便表现在卖艺的山东杂耍中吧？

　　与宋城的开发同时，杭州真的南宋宫殿遗址却不断被发现而又只能不断被掩埋，无论从哪方面来讲，那都是一种更有价值的古迹，也更有光复的意义，但事实上是一个完全臆造的新的古城，屹立在一处过去从未有过遗址的地方，这当然也没有什么不好，却终究生分了些。

类似的再现式景观，其他地方已经建造不少了，以为杭州能免，是因为这里有太多真的古迹，可以不去仿造；但终于仍不能免。我想大概因为仿造的成本总是更低一些，尤其是民间资本只能以这种方式来谋求注入之后盈利。如此说来留出真正的遗址作将来可能的光复，也还是明智之举。

我是在云栖逗留了一天以后初次去宋城的，从那种老树幽竹衬托出来的真正的历史阴影里出来，不能不感到浮华中的虚假。这也只能当一场正在上演的戏来看了，并且在很大程度上，只是一场杂耍。

几年后重临，发现比刚开张时更有古意了，在街上逛，时常身边会走过一个身着古装的卖艺人，模样有些沉醉地拉着一曲有些凄凉的古曲，一副旁若无人的样子；不一会儿，又有一匹高头大马撞将过来，惊鸿一瞥，那上面坐着的仿佛

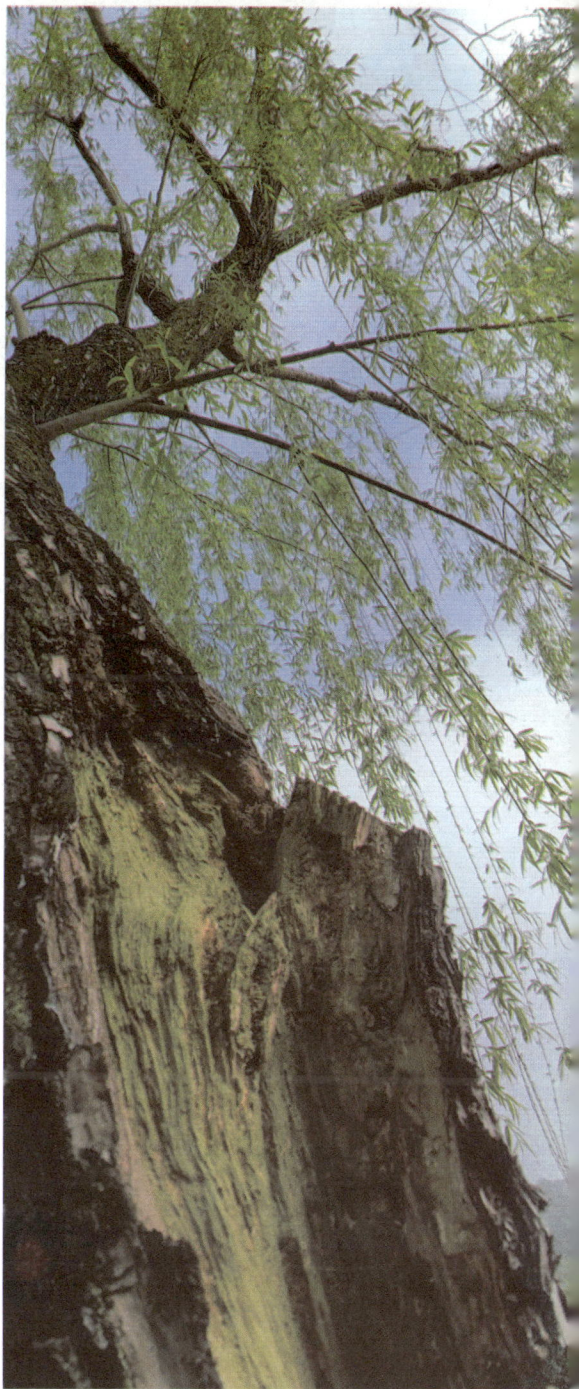

是某个衙内。这么一些点缀便足以使人产生恍然如入千余年前宋代的幻觉了。尤其是晚上，灯光恍惚，更添一点迷离的色彩。

游客遭遇的是两个时空交叉的错觉。所以这里的生意看好，便利用了人这种几乎无法穷尽的欲望。通常旅游，我们只能改变自己平常存身的空间，至多把时间抽出另置，或面对着一种古迹罢了，这样的地方，即使制作有些粗糙，却像是进入了历史。

古人有黄粱一梦的故事，表达的就是类似穿越时空的幻想，如果可以在不同的时空中扮演不同的角色，那生活真是能够丰富许多。现在已经有科学家在做试验，即把人冷冻起来，以待来日再生，那样纵然可以进入另一重时间，却再也无法回到此刻，自由的穿越仍然难以实现。于是幻想小说里有各类编造出来的故事，让主人公借助某种工具或通道来回于不同的世纪，永远让人激动。

在宋街上可以买到若干仿制的古陶，颇有历尽岁月沧桑的意思，虽然知道它是假的，却能给人以错觉。这就不妨买一个挂件或陶罐回去放在家里，屋中便有些古色古香了。

西溪且留下

　　我住的城西，从前正是西溪的一部分。至今屋后隔着河还有片湿地。偶尔傍晚，吃过饭，会顺着新修的丰潭路往北走，看看旧日的风景。

　　构成湿地要件的河流有的因为施工已干涸，有的仍水波荡漾。河流两岸，是说不出名堂的树与野草，就那么荒着，散发出真正的乡野气息。我很希望能在此处规划一个公园，以保留这片周边仅存的湿地，但据说它已是某房产公司囊中之物，不久便将立起一片高楼，与左右的景致混同一气。

　　城西日渐扩充，成为都市新的居住区。它占据的正是从前的西溪。那时自白荡海起，就是一片广袤的湿地，现在足足收缩了十多公里。

　　居杭州十余年，与西溪的亲密接触，仅限于此。在听说它的野趣后，有一次也骑了单车去探访，经过乡间小路，也经过一些长长短短的桥，然后就无路可走了。路边风景虽然宜人，却因为许多新建的民宅而弄得不伦不类，让人意兴索然。

　　这次游景区，是应新成立的西溪研究会友人之邀，纵然现实的状况因为各种原因并不如意，他们决心钩沉西溪历史并加以梳理，这样将来图恢复时至少可以有一个样本。

到码头坐船时，正下着大雨，几个农妇撑着伞，在揽客。

我们事先已联系好，等人到齐了，就下船。野趣倒也有一点，但居民的新楼太多，很煞风景。耐着性子，顺船漂流，经过一个闸门之后，这才渐入佳境。不知是不是有雨幕遮掩的缘故，近处的水与岸，稍远处的树和草，看上去与几百年前也无甚差别，更远处的山与云更是很难分清它们的虚实。

有人在湖边垂钓，偶尔可以看见布下的网，时而有水鸟慢悠悠地自天而降，又向水幕深处飞去。

这一切，让人想起三百年前张岱对西溪的描画："地甚幽僻，多古梅，梅格短小，屈曲槎桠，大似黄山松。好事者至其地，买得极小者，列之盆池，以作小景。其地有秋雪庵，一片芦花，明月映之，白如积雪，大是奇景。余谓西湖真江南锦绣之地，入其中者，目厌绮丽，耳厌笙歌，欲寻深溪盘谷，可以避世如桃源、菊水者，当以西溪为最。"

我没有看到遗存的古梅，而秋雪庵已是几间新盖的草屋。但那种韵味仍是在的，尤其是近年来又重新栽种了许多芦苇，尽管是白天，也不是飞花时节，仍好看。站在渚上，想从前隐居于此的文人与官场失意者，他们那欲求宁静而未必能够宁静的心。

宋高宗到底是皇帝，那句"西溪且留下"，的确有气势。

他肯定想象不出近千年后此地的模样，也无从知道这句话居然包含了新时代里人们基于保护生态的考虑而对西溪饱含的感情。

像这样的湿地，从前的江南恐怕随处可见吧？现在已成稀罕之物了。

科学家把湿地比作大自然的肺，没心没肺，何以生存？而渴

望现代化的人们，在偏执的追求中往往坏了风水。

对杭州来说，西溪差不多已是最后的遗存，尤其是西湖经过近年的浓妆艳抹，已有更多脂粉气与雕琢味，如斯，更显出它的纯朴自然。

雨渐渐小了，云淡处露出远方人工建筑的痕迹。

西溪且留下！留不留得下？又能留下多少呢？当年张岱曾因友人"江道闇有精舍在西溪，招余同隐。余以鹿鹿风尘，未能赴之，至今犹有遗恨"。老人家地下有灵，恐怕今天会有更大的遗恨，这种遗恨，此刻飘散在天上哪一缕云中，又附着在地下哪一棵树上？

此时，不知不觉间船又折回楼房密集处，下水的码头近了，叹一口气，上岸。

元 梅

舒拉兄请我去他的新居看梅，讲了几次，每次我都有些漫不经心地答应，以为是朋友聚首的一种说法。昨天下午，他问我有没有空，说有个雅集，还请了几位演奏家，赏梅的同时可以赏乐。这么一讲，再忙也得抽出空来，舒拉恐怕不知道，我还是个音乐发烧友。

到的时候，已经有一群人在他那个院子里了，果然见一株枝干遒劲的古梅。

说是元代的，有700年历史，是从天台山里移植过来的。

赏梅画梅，原是中国古代文人的雅事。然而到了我这一辈，不管是做什么工作的，即使握管为业，业已很少经过深厚传统的濡染了。与我岁数相仿的，有几个自小读过孔子？那位大圣先师被不屑地称作"老二"。一切传统文化，都被以革命的名义重新检验与洗礼，要求人们与之一刀两断，而年轻人实际上也接触不到它们。

梅不梅的，很少人有那份情怀了。

我的梅缘，是曲折地通过毛泽东诗词续上的。

梅花的高洁、孤芳自赏，变成了一种战士的象征，这个战士，是不讲什么费厄泼赖的。

事实上，因为喜欢读书，也因为整个社会事实上并未能如某所愿地革命化，我身上与脑子里的费厄泼赖未能尽去。因此尽管是"小将"，不久自己就成了对象。

有过如此经历，对梅花很难有多少美好记忆，况且在我自幼生活的上海，也难得看到梅花，那时自己种点花的人不多，除了物质条件的关系，更多是因为普通人的审美情趣被扫灭了。

也因为这场运动的缘故，我后来去了塞上插队，那里是创建了元帝国的蒙古人的故乡。

而眼前这棵树，难道真是那个年代就出生了？

舒拉说，据专家考证，没错。

我在内蒙古待了 22 年，交了不少北方各少数民族朋友，说实话，很喜欢那些人，也喜欢那个地方，但后来还是南归了，种种原因，难以一语道断。因此眼前这棵"元梅"，倒不是梅，而是"元"这个概念激起我更多的感情。

几年前写过一篇叫《与元朝错过》的文章，讲去浙南某地，拾得一些元瓷碎片，却几乎即刻就得而复失，乃大为惋惜。那么在这里，倒是经过此株古梅而与700年前的那段岁月不期而遇了。

历史上的元帝国姑且不去说它，实际上今天说什么也是枉然，但如果它最终融入了你的生活，那么就不可能无动于衷。

演奏中间穿插了一些展示与梅有关的字画并述说缘由的活动，意思还是有的，让我略感别扭的是现场不少采访的媒体记者，这让它看起来像一个秀场。

突然就悟到，从前没有媒体，而像《兰亭序》描述的那种文人雅集，难道不是一个秀场吗？所谓曲水流觞，除了游戏性质外，无非也就是作秀。

　　但古人情有可原，因为舍此还有什么更好的方法能让声名远播？

　　文人的价值当然是与知名度连在一起的，而人以文传的可能从来就远远小于文以人传。如此说来，秀一下也无妨。

　　古梅身后，正在建筑一座高楼，两相映照，并不觉得特别扭，它居然在钱塘江边这异地生存下来，而且繁花似锦，其生命力不能不令人惊叹。

　　但愿它能成为民族文化与传统的一种象征，百折不挠，纵然枝干已经焦枯，而新叶依然生发。

塘栖老镇小记

就在近旁的塘栖镇，一直没去过。对于家门口的风景，人们向来是容易疏忽的。而知道这个小镇的名字是因为闻名遐迩的"塘栖枇杷"，还有一个写文章的朋友莫罗松。这次参加有关运河的活动，得以前往。

船在运河里行，两旁多是仓库与工厂。它们建在河边，自然是为了运输方便，尽管现在铁路与公路纵横交错，但水运的成本之低廉、操作之方便，仍是别的运输方式难以企及的。

我站在甲板上，看自然与非自然的风光，怡然且坦然。它们已经融合一气，以至不易区分了。

天高云淡，阳光洒在那些仓库或工厂边小小的码头上，河道里拥挤着各种各样的船，其中一种像火车一样，拖带着许多没有动力的驳船，长长一串，从身边驶过时甚至看不到头尾。

船民就在这样的漂浮物上常年生活。他们用简陋的炉子做饭，睡在舱里，靠运输维持生计。

后来到了塘栖，见莫罗松，他说人生不过是看云起潮落，所以小镇乃最合适的居处。我不知道这话有没有一些勉强的成分。因为运河边的小镇，与没有运河流过的小镇，是不一样的，前者无疑见得更多的波动。

运河已在几年前重新掘出一段新的，专供船只来往，不再与小镇擦身而过。现在的塘栖因此较从前宁静多了。不宁静的是世道，镇中多数河道目下都填平为街道，从前有特色的廊街乃至河边称作美人靠的长椅都不复存在。

闲适的塘栖，也和别的地方一样，成为忙碌的小城。

因为有蒋豫生先生带路，我们得以看到若干年代久远的建筑，全在小巷中，那么苍凉而颓败的安静，实在需要细细品味，时光在这里，仿佛并不流动。只是轮船等着，匆匆走过，只来得及留下几幅照片。回头看，镜头中自有一种说不出的韵味，它的名字就叫沧桑吧。

蒋先生写了一本有关塘栖历史的书，是命运让他做了这个小镇长达几十年的过客，虽然离开了，犹不能忘。命运也让我与塘栖有了一面之缘。船停下来时，那座广济桥，像极了拱宸桥，尽管有七孔与三孔这样明显的差别，仍然会让人产生此桥即彼桥的误会。

这是两座桥除外貌之外，都有久远历史的缘故？

后来才知道，民间有种说法，两座桥其实都是同一个叫沈拱宸的人捐资修建的，大概设计者也因此是同一个人吧。旧时修桥常常是做慈善的首选，度人于波涛之上，是看得见的度人于难。现在个人出钱或民间集资造桥的事，尤其是在城里几乎没有了。有修路的，那也是为了投资增值。

这种看得见的好事，为什么不鼓励老百姓都来做呢？

说是时令未及，枇杷尚未上市。塘栖枇杷自隋朝就开始种植，到唐代达于繁盛。清光绪《唐栖志》载："四五月时，金弹累累，各村皆星，筐笼千百，远贩苏沪，岭南荔枝无以过之。"

这文字活色生香，令人流涎。想到今日塘栖人莫罗松的文字亦具此等味道，文脉与物种一样，都是有传承的。

因为一心搜寻老房子，甚至未及与莫罗松告别，匆忙登船，已超出预定起航的时间。

父母都是浙江人，但我是四十岁后才回来的。对于故土，只有血脉联系和后来才发生的关系。然而我无疑是浙江人，尽管具北相。浙江是一条弯曲的河流，有不达目的永不罢休的品格。温柔、冲淡都非其骨子里的本性。相较之下，运河是坦荡的。有更多的容纳力，不管哪里来的船，甚至挤不下了，它都不拒绝。

在塘栖镇老运河边的旧街上，拐进一个角落看过御碑后，我又看见一座礼拜堂，两者差不多紧挨着，都同样寂寞，如今人们膜拜的神明叫经济，而经济能成为神明吗？

套用一句名人名言，它不过是能抓住耗子的猫罢了。

回到杭城，注意到街头已有塘栖枇杷出售。至于到底是不是塘栖产的，为什么塘栖反而不见，不得而知。

可以清心

　　到建德，住在清心宾馆，推窗就可以看见新安江，让人眼睛一亮，心气也随即沉静下来。后来才知道这个儒雅的名字来自李白的一首诗，题目叫《清溪行》："清溪清我心，水色异诸水。借问新安江，见底何如此。人行明镜中，鸟度屏风里。向晚猩猩啼，空悲远游子。"

　　建德我来过不止一次，多在千岛湖上漫游，最好的景致七里泷却始终没有机会一睹，其实这才是千百年来撩动文人墨客情思的绝妙去处。蒙主人精心安排，此次得以顺遂心愿。

　　七里泷也称七里滩、七里濑，是新安江在建德市东的一段水面，两岸青山夹峙，风光无限，有"小三峡"之称，相传东汉严子陵就在此隐居，所以亦名子陵滩、严陵濑。船行此处，仿佛驰入一段被岁月遗忘的风光，二十余里宽阔的江面，竟极少遇到别的船只，更无千帆竞发的热闹。令人恍然如入李白诗中的那种氛围与意境。后来才知道，这得益于历史无意的安排。近半世纪前，新安江水电站兴建时恰逢所谓"三年困难时期"，资金短缺，没有力量再修船道；而后下游又造起了富春江电站，这一段江面乃被夹在中间，老百姓戏言是"上不能阻，下不能泄，中间胀肚子"，从此远离了纷扰的俗世，而在繁华的江南要地得以留存一处几近远古的风景。至今仍有人为此举给当地经济带来的不良影

响而耿耿于怀。以今天的眼光来看，我认为是因祸得福。因为由此开创与保留下来的旅游资源，其价值要远远超过若干行业多少年的收益。对此建德人已有所认识并见诸开发与利用的行动。

因为水库的建造，七里泷从前的险势已不复存在，而变得异常安详。

正是春天，两岸山色绿得近于妩媚，偶尔有一片桃花像云一样浮在坡上，如诗如画，如梦如幻。坐在船上，喝着刚刚采摘下来的名为"千岛银针"的新茶，随口轻轻诵出李白的句子，想到这条江上留下过多少古今名士的吟哦，还有严子陵的沉默。

对建德近年来的发展状况，多有微词；我却不尽以为然，如果仅以眼前利益来衡量，有些说法也许并不错，但长远地来看，恐怕自然资源才是最宝贵的。当地人那种恬淡的天性，是否多少承袭了源自严氏的传统？它的功绩不只在保护了一方水土，还滋养着精神，譬如这些年，建德的文学事业就远比邻近一些县市发达，出了不少风格高古的作家。

在这个一切都喧嚣着前进的年代，我想不妨常到建德走走，它的山水、民风与传承，都可以让人神清气爽。

寻找从前的时光

　　旅行是从一个空间进入另一个空间，借此暂且摆脱日常生活的负累与范式，给感官和心理以新鲜的刺激。

　　它也是享受自由的一种方式。

　　在过去一些年间，普通百姓不知"旅行"为何物，尤其是乡民，几无离开居处的可能，出门在外饭总要吃的，而吃饭所需粮票却与生产粮食的农人无缘，虽也可以拿若干斤米面去有关部门

换少许那种分成地方和可以在全国范围通用的定量票据，但相当麻烦，须开具证明等种种手续。城里人稍方便一些，然而受制于穷，也很少人有旅行的经验。

现在这些困难都没了。旅行逐渐成为普遍的生活方式。而除了变换空间外，有时人们还寻找那种得以进入另一种时间的感觉或者说错觉。譬如当今大城市是现代乃至后现代的生存方式，而就在近旁的乡野，却可能仍留存着几近完整的农业文明。那么，我们只要走点路，就会恍然闯入从前的时光。

离富阳市区不过十多公里的春建乡就是这样一个去处。在当下的社会氛围中，本来它也完全可能卷入一味追逐 GDP 的狂潮，不惜以破坏生态环境为代价，好在当地人用足够的清醒选择了另外一条道路。因此这里还有触目皆是的田地和庄稼、不同品种的果园与茶园，还有一个又一个湖泊般宁静的水库。细雨蒙蒙中，看融入水中的山影，真有点回到唐朝的感觉。

能经常在这样的山水间流连是福气，可以洗净心田，等再回到城里，即使身边仍车水马龙，也觉得不一样了。

春建乡有个大唐村，是上唐与下唐两个自然村合二为一的行政建制。我颇感兴趣于名字中透出的厚重历史：那是中国人持农业文明而雄踞世界的年代，不把发展基础放在武力征服上，却能得天下之信服：我们祖先如何做到这一点的？直至今天，不是仍值得子孙们深长思之吗？

一个强国，最终得靠高人一招的理念与精神，而并非更多的财富方能服众。

对春建乡来说，最大的财富或许正在于保持良好的生态和那么一种由农耕文明培养出来的悠然自得的生活态度。

不要因为一时之利放弃它，更不要毁掉它！正是从前的时光将显出长远的魅力和价值。

西关听瀑

　　睡在山民的农舍中，墙外就是奔涌而下的泉声，稍稍下面，落差更大处，就形成了瀑布。它们的声音混合在一起，时高时低，是天籁。

　　可惜得关上窗子，因为各种小虫见光即不请自来。而关上窗子后，水声就轻了，在若有若无间。

　　这西天目背面西关的老林子里，散落着几户山民，都是百十年来，因为在别处难以苟活，乃钻进深山，寻一生路，子子孙孙也就延续下来。

　　如果细细追寻，这里的人恐怕都有一部起伏跌宕的家史，记录了时代的变迁。

　　更早些时候，这山上称作石寨的遗址，据说是太平天国残余将士兵败之

后的落难处。

与山下俗世交通不便，使这里至今仍有一种桃源的气息。

山民的日子看起来过得宁静而平和，但并不容易。此刻是收获季节，每天从早起，男人就在农宅边上的竹林里挖笋，然后挑下去卖，因为非典，时年笋卖不出价，在山下集市上，一斤只合二三角钱。除了一点山货之外，其他收获就要靠得闲时外出打工了。

所以表面上看来恬淡的生活其实充满艰辛。我看到山民准备挑下去的担足有二三百斤重。"采菊东篱下，悠然见南山"，陶渊明的乌托邦梦想，从来只是乡居生活的浮面，人类至今为止，为了谋生，仍得付出艰难的努力，算起来，可能还是现在最易得享悠闲，如果不求富贵，又略有技艺，过日子并非难事，但多数人却更繁忙了。大家都聚集在城市，追求一辈子也用不完的钱与更舒适的生活，追逐时尚，也被时尚追逐，弄得心气浮躁，很难有真正享受的心情，然后到类似这样的山里来寻脱俗。

山里有更蓝的天空与野花闲草，有总在耳边的流水的音乐。

见一山民在宅边的竹林里挖笋，与他聊天，称赞山上好，他说他想下山去过日子，问我们，租不租他的房子？

山下的世界诱惑太多，如果我是山民，也会生背弃之心。

但我不是山民，乃羡慕山上的日子。

同行孔君，动了来这里盖一间木屋写作的念头，听瀑看云，何其悠闲！但我担心他耐不住寂寞。就耐受寂寞的能力而言，当代人不敌任何一辈前贤。这也是今天没有大思想家乃至大艺术家的原因吧？思想与艺术的生成需要持之以恒、不为外界所扰的专心。

不远的山上，有堆垒的巨石，据李四光先生考证，是冰川时代遗迹。冰川曾覆盖几乎整个地球，我们现在脚下的土地，哪一寸不是当年遗存？差别仅在是否有迹可循而已。

其实任何一种过往岁月都一样，留下来的不过是些蛛丝马迹，而据此推断，形成的看法叫作历史。

历史是一种若有若无的水声。西天目听瀑，我还听见了历史的回声。

坐车偶记

1

在偏远的公路上等候长途汽车来临的境遇，仿佛人生的一种象征。你不知道它什么时候会来，来的将是一部什么样的车子，又会把你带到怎样的境地中去。尤其是当社会秩序不那么规整的时候，这种等候本身似乎就带着某种冒险。在城里坐车没有这种感觉，即使碰到堵塞，你仍然在自己熟悉的街道上，知道自己的处境，至多下车罢了。

当这样等候在公路上时，很容易产生无助的感觉。你的命运维系在一辆正驶过来的车上，你从来没有见过这辆车，但知道它会来，并且把你带走，一个素昧平生的司机，轻轻地就把你的命运掌握在他手中，他偶尔的疏忽便可以决定你终身的前途。

汽车来了，是一辆北方的旧长途车，它为什么要走这条南方的旅程，你不知道，那个地方曾经生活过你的朋友，这是你上车后才晓得的。那一刻，你只是挥一挥手，就上车了，售票员说要多少钱，你就付了多少钱，你不知道到底是多少价钱，你没有坐过这趟车，像你这样的人不喜欢老在一条路上来回，这就决定了

你永远是个生疏的乘客。你躺在破烂的铺上，有点漫不经心地望着窗外，同时听随后上车的两个小伙子讨价还价，并且很快就达到了自己的目的。然后他们躺下并且很快就睡着了，不知道上车前他们在干什么，什么事情让他们这样疲倦。

车子行驶着，这种长途汽车一般有两个驾驶员，轮流开，即使如此，你也不能保证他们因为过度的劳累而不出什么差错。但并没有出差错，汽车很稳，而正当你觉得汽车也很快的时候，司机在一个地方停下来让大家吃饭。你不想吃饭，只好站在路边看风景。这是一种寻常的风景，没有什么奇特处，却也饶有生意。但司机总在饭店里不出来，有乘客在说，大概被人拉住了吧？这只是猜测，大家只好等着。这时公路上驶过一辆又一辆汽车，最远有从北京开往温州的，如果从起点乘到终点，得几天呢？但比较人生之漫长，又显得微不足道了。

　　汽车终于到达目的地的时候，真让人舒一口气，它从城市的边上掠过，把到站的客人扔下来。眼前人来人往的喧嚣，竟然有些亲切了。

　　这是你居住的城市，这里有你的家。你怀着一种急切，回家去。

2

　　在长途车上你的铺位挨着另一张铺位，挨得这样紧，乃至它们实际上像是一张铺位。半夜或者一天的时间，你将与一个并不相识的人如此贴近地躺在一起。在这样的夜里，无疑会有一些梦浮上心头，还会有一些絮语飘过耳边，你听见了那些声音，听出了声音后边那说话的人也许自己都不明白的意思。在夜里，人有时候的确不明白自己，又有时候会格外地明白。

这样的时候往往会想起一些遥远的往事，譬如多少年前读过的一部小说，像茨威格《一个女人一生中的二十四小时》，小说与长途车是有些相似的存在，它们都尽力负载这个世界上的故事，并开往另一个地方。当我们在东方读到茨威格的书时，我常常奇怪自己怎么也能懂得并且喜欢。

你无法选择长途车上躺在身边的那个人，事实上我们也无法选择自己终身的伴侣，一个偶然的机会，就决定了一段长长的人生旅途。

你有点倦了，便合上眼，在这样的夜里是很容易累的；却仿佛始终醒着，在这样的夜里又很难入眠。

猛然间车不动了，外面是白色的墙，而夜依旧浓重。司机说到了，你发现自己其实睡了一觉，那么刚才遭遇的，也许只是梦境。

3

汽车几乎一直沿着江边的公路行驶，抬头又常常能够见到高高矮矮的山峰，景色极美。正是早春，山野之间有些花儿已经开了，黄的是油菜，白的是荞麦，淡红的则我也叫不出名字。其实这些都是人类活动的痕迹，但比之城市，毕竟更像大自然。我想这才应该是日常居住的地方，无奈更多的人宁愿远离了它，住在称为城市的钢筋混凝土中间。那实在是一个笼子，抬头只能见到很小的一片天，低头没有野草和鲜花。人与人挤在一起，疏隔了别的生命。

杭州的面积并不大，但即使如此，也有足够空旷的山野来安顿如今已经十分密集的人口，而对于我们中的多数人来说，出游是难得的事情，生活把人逼仄在一个角落里，居然也就习惯了！这种习惯正在改变人的视野乃至心情。

躺在长途汽车的卧铺上，我几乎一刻不停地看着窗外，在翻身坐起都不便的境遇中体会自己生存空间的狭窄，这似乎成了一种更大范围里的状况的象征。

如果世界只有这么小，生活将变得怎么样？恐怕多数人都会无法忍受吧！但实际上我们正在把自己关入越来越小的空间里，除去来回的路程，目下像我这样讨生活者的日常空间几乎只有十几平方米，并不比一辆汽车略大一些。对于玩电脑者来说，现在只要一个屏幕，一条线路就能与这个世界发生各种各样的联系，看起来人们像是有了更加宽阔的视野，但自己的活动余地却日趋局促。一千万人生活在不到十几公里的土地上，这已不是什么新鲜事，目下不少国家超过半数人口集中在首都，未来这种趋势是否会进一步扩大？扩大之后带来的后果又会是什么？我们将总是像挤在一辆汽车上，而人生的旅途并没有目的地。

再过五十年，中国人会发现，拥有一片自己的土地与空间是多么幸福的事情，那时最有能耐的人只可能选择住在乡下，至多不得已的时候才挤在城市这辆公共汽车上，然后放松地回家去。

荷　香

　　最热的时候，也是荷花开得最盛的时候。从湖边走过，远远就能闻到一股浓香，让人不由得深深多吸几口气；不知为什么，我总觉得这诱人的气味里有一种腐败的味道。

　　一切事物到了鼎盛期，也就要盛极而衰了。

　　岸边不乏兜售新鲜莲蓬的小贩，而凡在岸上用手够得到的地方，均只有折断的花茎，既无叶，更无纳子于其间的莲蓬。

　　盛则有利可图，难免受人关注与侵犯。

　　荷花无力保护自己，它依靠植其于湖中的人，而人是各式各样的，怀着各自的利益和爱好，也有各自的心情。即使摘花这么

一种行为，有爱而难舍乃据为己有；也有只是折下，漫不经心就随手扔了。

别的花，往往走近了就再也闻不出香味，荷花不同，它更近更浓，像酒与烟一样让人沉醉。

我喜欢夏天盛开的荷花，更喜欢冬天凋落的残荷，只剩下一些东倒西歪的断茎，早已枯萎发黑，远远看去，如铁如钩，倒也别有一种韵致。

记得去年报上还讨论过，要不要把它们都去掉，还湖面一片清丽？

结果主张留着的人更多，也就留下了。

残败亦是一种美，甚至让人觉得更美。能够欣赏这种美的人多起来，恐怕与我们生活环境的改变、社会发展的程度都有关系。

西湖的荷花，数断桥底下那片最为集中。夏天，在它的映衬下，断桥也变得更浪漫了，冬天呢，是彼此关照而更贴切。

一年四季，有许多花。给我印象最深的，竟是长在水里的荷花。

我注意到印象派画家莫奈也喜欢水里的花，不过是另一种：睡莲。睡莲的花更小巧，也更安静些，而画家把它们画得很大、很大。

在一年中最热的天气，我漫步于西湖边，自然不仅仅是为了闻荷香，但想起来，最让我激动的却正是荷香。这像没有理由的爱情，突如其来，却永世难忘。

看　水

坐在湖边的长椅上，看水。

波浪晃动着，形成朝前奔涌的感觉，我想，这是风的缘故。

如果眼睛猛盯着看，会觉得头有点晕，就像身处历史旋涡中的感觉；其实这时人在坚实的岸上，而西湖的波浪无论如何也说不上大，今天又并没有狂风。

人的感觉真是奇怪，在某一瞬间，我们都会眩晕，这甚至不需要理由，其时我们将忽略世界的本来面目。

我记起"文化大革命"，当它几十年前远远逼近时，自己的

感觉也像看着涌动而来的波涛，并且有些发晕。

那是中国历史上的一场洪水，身处其中，却因为幼稚而异常兴奋，一时间，我也成了弄潮儿。

直到潮头很高并把自己也掀下去，才略有些省悟，但仍然眩晕。

那是坐着看也会眩晕的年头。

但是今天呢？并没什么风浪，而我仍然有些眩晕。前不久，在一个会议上，我说了对当前大势的一些看法，很出朋友的意料，说想不到你会讲这些话哩！其实这也不合自己的心意，但我以为是个理儿。而理是什么东西，像不像这眼前的浪呢？它让你眩晕！

也许是朋友们眩晕。

而那一刻，我们都坐在屋内坚实的长椅上，空调的微风根本感觉不到，虽然不远的海里就有波浪。

有　鱼

　　偶尔可以看见一条鱼跳出水面，偶尔也可以看见水面上漂着死鱼。前者稍纵即逝，让人想象水下世界的鲜活与欢快；后者则是另一种诱惑。如果恰巧在荡舟，我可能顺便伸出手去，试图把鱼捞上来；但要是真的捉住了，会随即丢掉。因为捏在手里，有一种真正死亡的味道。

　　水下世界的生死轮回，其实每时每刻都在进行，从前我们看不见，现在借助电视摄像机的镜头，即使大海深处几千米的地方，也能尽入眼底了。我在屏幕上看见过最古老最不可思议的鱼。它们的世界之绚丽多姿，甚至超过陆上。

　　鱼对高压的耐受性，其丰富的生存技巧，都是不可小觑的。

　　佛徒放生，就往往选择水中生物与水中世界，因为那是一些更值得尊敬的生物与一个更阔大的世界？

如此说来，下一世我们做鱼吧！

自古鱼就被当作最好吃的东西（汉字中"鱼"加"羊"乃"鲜"），也被当作生殖的象征，人生的两大需要——食与色都离不开鱼，这说明甚至佛教传入之前，我们祖先就深刻认识到了它的价值。域外还有人用鱼皮做衣服。

现代科学的说法是：多吃鱼让人聪明。

这些沉默的水中生物，我们没法称它们为朋友，因为总不能食朋友之肉，寝朋友之皮；但对待几乎一切与人类共生的动物，除去佛徒，我们何时真正尊敬过呢？

想来不可思议，在生存资料不可能十分充裕的古代，印度哲人会产生这么一种伟大的宗教，这只能是天启吧？传说释迦牟尼面壁十年而悟道，这期间，他多像一条沉默的鱼啊！

他的世界，也一定如大海般广阔，可供万物畅游。

文澜阁听雨

　　许久没有这样的闲情了。听雨、看雪一类意境，目下似乎只有在古典诗词中才能找到。居杭州多年，记忆中只有过一个雪天，几位从前的文友约我到湖墅公园品茶，雪很大，虽然赏心悦目，但在凉亭里待久了，就有些坐立不安的样子。

　　比较之下，听雨更有闲情。

　　事先只是约了个时间，并无听什么的意思，待到临近，乌云压得很低，心想，或许改个日子更方便吧。天空却亮起来，虽透露的是大雨将至的消息，但暂时仍阴着。于是如约前去。

　　三个人，各拿一把椅子，坐在阁前的水池边，清茶一杯，就放在古老的石墩上。此情此景，讲出来的当然多是闲话了。

　　谈些圈内圈外可知可不知的琐事，多是表彰，少有贬抑；无话时，也说几句今天天气。这时雨由疏而密了，舍不得走，就把椅子往树下移一移，干脆不说话，就听雨声。

　　突然想起从前在塞上做杂志的日子，几乎天天喝酒闲聊，像这样的春日虽无雨可听，风声入耳也是一首乐曲。尽管贫穷，那岁月仍是值得怀念的。闲的好处还在可以"谈谈情，说说爱"，人生所需其实不多，可以用来充塞其间而觉得幸福的并非物质一项，"性福"往往比"幸福"更重要，因为由心而生的喜悦，哪

能不胜过仅仅"悖逆死亡"呢？

居然不干什么事儿也能谋食与度日，那样的日子已恍如隔世了。

文澜阁就在白堤上，居然很少游客，朋友之一说这是文化挡了驾。文化还有此等妙用，怕是一般人想不到的。现在习惯把文化与产业连在一起，沾上铜臭不说，是与闲情隔开了，包括我们这些多少与文化沾边的人，也很少能享受到它的真味了。

道教的无为，活在当世，自然不可尽入其壳。但没有一点闲情的人生实在是无趣的。你看现在连旅游也仅在轮子滚动之间安排几十分钟时间，然后导游的哨子就响起来，催着集合出发，再好的山水也只能看一眼而已，哪来流连忘返之乐？

同聊的二位女士，皆有闲适典雅之气。

雨渐大，然后移到走廊里，味道就稍缺，不久，便散了。

穿上黄雨披，离开这从前皇帝的藏书处，骑车回家。

空山闻鸟语

  虽天上仍细雨淅沥，空气却十分闷热。山中空寂无人，随时都能听见各种鸟类的鸣叫，花香时而浓烈时而疏淡，而墨绿的树叶因为雨水滋润而变得更加馥郁了。

  这一切，都可以用一个字来概括，即"霾"，夏天是大自然每年一度的青春成熟期，有满腹情欲亟待排解。

  中国古人创造出一种平静的自然境界，正如山水画之淡雅。

  其实山水皆有灵魂，亦有情感。唯真的沉迷其间，才能品出她的炽烈（有爱有恨，或爱恨交加）乃至不能自已。

  我与这山水缠绵多年了，日日相见，已是夫妻感情，彼此间更多形成一种习惯。

  要到了西湖边上，才能看到起伏和波动，令人体会到温暖的响应。

  这么一个夏季，我把许多精力都消耗在山水之间。说是"天若有情天亦老"，其实相对于人而言，天是不老的，没人能看到沧桑巨变，我们所见到的至多只是一些痕迹，而这些痕迹也就像空山鸟语一般，若隐若现，亦有亦无。

台风余音

1

暴雨过去之后，台风边缘带来的竟是淅淅沥沥的细雨，一直下着，若有若无的样子，天不热了。

因为热得难耐，这些日子上网每每说及天气，乃至友人发问：就说一些天气？

想起那句老话，叫"今天天气哈哈哈"，形容彼此寒暄没什么话可说又非找点话说的样子，莫非彼此之间也成了这样？突然间觉得十分无聊。

其实天是一个大话题，因为我们都在它笼盖之下，无人能出其右，老祖宗还相信天人之间存在感应，有"天怒人怨"的说法，人怨积聚，是会令老天也光火的。

近来天气，颇有些光火迹象，人如待在笼里，热到憋气。如斯，则台风也就像恩典，尤其轻轻掠过的边缘地带，甚至可以说有几分温柔。

既然天尚未怒，人也少怨吧。

日子在细雨中苟延，明天想起来，可能正是所谓的幸福。

在另一些地方，台风的凶狠，可以用"肆无忌惮"来形容。它毫不留情地掠过已经成熟的庄稼，甚至摧毁城市与楼房。

一根电线杆突然倒下来，一条生命就逝去了。

通常不是这个具体的人得罪了老天，他只是凑巧路过或站在那里。从这个意义上而言，天又是盲目的。

是啊，台风没有眼睛，也不知道它心里是如何想的，这次海棠就在岸边踯躅一时，然后取道福建登陆。

天色有些阴暗，雨丝几乎看不见，多次站起身来，从窗口探出身子，看地上水洼里有没有水滴在跳动，想出去走一走而雨仍在下。

只好仍坐于桌前胡思乱想。

2

天阴着，雨已不下了。

海棠早进入江西，弱化乃至消失。它对天气的影响却仍然存在。

我们头上发生了一些什么事情？尽管卫星能够时时把观察结果发回地面，专业人员画出一张又一张天气趋势图，并预言即将出现的气候变化。

但那仍然是一个谜。

古人说得好：天有不测风云。也就是讲，不但人无法预料，就连它自己事先也不知道，进程中间亦无法控制各种潜在与连带的影响。

现代科学有一种说法，太平洋这头有一只蝴蝶扇动翅膀，就可能在另一头形成

一场飓风。当然这个中间有许多复杂的过程与因素。

那么，海棠的形成是不是一只美国蝴蝶所致呢？

如果这么一种复杂的过程让人弄明白又掌握于手中，世界将变得多么可怕！

上帝的归上帝，在诸如此类事情上，人类可能更近于恺撒。

已然没有海棠的江南，仍然存在着海棠的影响：头上是乌云，天气异常凉快。不时还会飘过一阵雨丝，随即又止。

想起眼前的社会，多少景象是许久以前刮过的风形成的？虽然风早就消失，可影响还是存在。事过境迁，它们当初扇动的风还留在我们的生活中。

这是始作俑者也未料及的。

为什么当年自己没有随手捉掉那只蝴蝶？突然就起了这个念头，它让我充满愧悔。

黄源旧居

　　每天登山，从葛岭下来，必经黄源先生旧居。那是一幢极平常的民房，两层，与华丽乃至风格都无缘，只是地方好，处于山脚，走百十步就是西湖。

　　北山街改造，把这座楼拆了，原居此处的黄源后人，不知搬到哪里去了，问熟悉内情的朋友，说他几个儿子，都没什么权势，也谈不上出息。这与正处在成长期，黄源被打成"右派"二十年显然有关。

　　原以为拆除后的地盘会建设一些与下面玛瑙寺相关的建筑，没想到又重起一座古色古香的中式小楼，作为文化人黄源的旧居开放。其氛围、韵味，与黄源居住此地时大不一样了。

　　有没有必要为黄源保留旧居是另一个问题，既然保留的话，就应当尽量尊重历史的本来面目，现在这样实在是不能称作旧居的，虽然形式上甚至更旧了一些，但整个建筑都是重新造过的，并与原来的模样很少相像处，只是落在旧居遗址上而已。

　　是不是因为历史太长了？中国人常常不那么在乎历史。即使像这样与历史密切相关的事情，也不在乎历史的真实。

　　几十年后，不知真相的游客会以为当初黄源先生就住在这么漂亮的楼里，而因为他曾身居文化部门的要职，甚至难免浮起腐败一类念头，其实这并不是黄源真实的生活状态。

至少应当放一张旧居的照片吧，留下一点历史的影子也好，可惜连这都没有。

黄源被称作鲁迅的学生，当年他在先生主编的《译文》杂志当过编辑，似乎也就止于此，更深的关系是谈不上的。抗战开始后，黄源参加了新四军，弃笔从戎，直到解放战争胜利后，作为军管会代表来接管这座城市。

现在的旧居与黄源先生的经历：战前的文化纷争、战争中的

出生入死及战后的种种磨难，距离都太远，我们看见的是一处格调淡雅的中国古典建筑。

中国人有时不在乎真相与否而刻意制假，和传统有什么关系，我说不上来。现实是这么一种漫不经心的态度所涉范围仍在扩大，所谓的黄源旧居就是个典范。

今天路过时，展览正在作最后的布置，说是明天就要正式开放了，估计会有一个比较隆重的仪式。当各路官员都赶来出席活动时，他们难道不知道这是一个与原来相去甚远的建筑吗？

从某种意义上来说，这个旧居甚至会败坏黄源的名声。

黄源的功绩更多表现在革命上，而非新文化运动中的创作。事实上这场革命本身的意味在今天也发生了很多变化。

我不认识黄源先生，而身边熟悉的人都还尊敬他。这些人是有原则的，我因此想先生的人格应当不俗，否则，他当初也不会成为"右派"。

旧居下面是个陈列室，放得满满的，是黄源生前的照片与一些文字介绍，让人觉得太挤了。既然那么想展现先生真实的风貌，又为什么如此扭曲他旧居的模样？

楼上是按照原样布置的起居室与书屋，从简单的摆设中可以看到黄源淡泊的生活，那才更接近于历史的真实面目。

我问了讲解员几次，有没有一张旧居拆除前的照片？

回答是：没有。

一座先生的坐姿铜像放在庭院里，放的位置太低，乃至看起来上身显得过长，感觉有些不妥，再一想，至少那二十年间，先生就以这么一种姿态生活着，雕塑的创作者是了解黄源的。

游紫云洞

　　杭州作为旅游城市的好处是景点众多，不经意间随便走过什么地方都可能碰到佳妙的风光。譬如就在西湖边上，便有一处很少人光顾的"紫云洞"，它在初阳台去岳坟的山道上，面积颇不小，除入口外，洞中还有另外一个天眼，有人在壁上题诗：洞中看天，天小如掌；洞中看云，云出如佛。倒是有些禅意的。我很久以前去过，印象不错。这次重临，也许因为恰逢盛夏，众多市

民借此洞避暑，地下凡稍平坦处皆铺上了席子，全家围坐其上，聊天吃闲食，尽是人间烟火气，那点禅意便不可寻了。抬头看看，天眼处没有云彩，如有云彩恐怕也见不出佛相来。我与儿子在菩萨面前的一条石凳上略坐了会儿，果然凉快，见供台上香火鼎盛，大约是先前有人点在那里的，而我们在的时候，并无人来磕头。想象在这里磕头，也略少一些佛堂的森严，但对真正的信徒来说，我想是无妨的。

从洞里出来，顺着山路往岳坟方向去，一路浓荫如盖，景色清幽，即使大热天，也觉着一种凉气。

净寺漫谈放生

净寺对面的放生寺，走近去看，其中果然浮泛着不少活物，多为鱼类，亦有龟，神情均格外散淡，颇有佛徒参禅的味儿。

只要不是像商业投资似的，下一点本，便欲图三倍的利润，那么这种善行总是好的。一能清洁自己，二也算普度众生吧。

看池的老人似非佛门中人，但颇有菩萨心肠。我在的那一阵儿，三四个顽童想偷捕池中的乌龟，欺老人行动迟缓，和他捉迷藏，老人忠于职守，终护住了池中之"生"。

这未免扫了孩子们的兴，孩子们的玩闹，若在佛徒看来，是否原初的恶，即业呢？

黄龙洞记

　　几年不去，黄龙洞已成为"圆缘民俗园"，里面修起月老祠，与遥在西湖对岸的太子湾呼应，专门挣有情人的钱了。我去的时候，戏台上在唱越剧，一个女人与由女人扮的男人眉目传情，颇有意思。这种戏，我从前没有看过，忍不住想多看一会儿，但儿子不允，他还未到识得此种滋味的年龄，只想拖我去钻黄龙洞——据说那是一条龙肚肠，然而未能钻成，因为门口贴着一张告示，说内有危石，请勿入内。但仍见不少人钻在洞口，原来是在避暑。

　　园里风景多是人工建造的，倒也精致。见有外国人来旅游，换上古装照相，十分有趣，趣味在彼等这么一来简直比中国人还中国人，男的手持折扇，宽袖大袍；女的也见不出身体曲线了，倒添几分婀娜；彼此靠在一起，咔嚓一下。这镜头回去无疑是有价值的，发思古之幽情啊！

　　堆起来的假山有许多曲折迂回的洞，绕来绕去，忽见瀑布轻垂，忽又暗无天日，是捉迷藏的好地方。一老人站在洞口，不知道它通向何处，便请我们一试，她见我们从另外一个洞口钻出来，仿佛终于得了满足，笑着走开了。

　　有个水池，中间塑着五个像是铜质的小孩，围坐一道，在里

面有个带小孔的托盘，孔内有喷泉涌出，可以换所谓"缘币"往里扔以试运气，因为缘币要一元钱一个，有人就用手里的硬币来试，管理员便在一边喊：硬币不可以扔的，不可以扔的！大概是因为这样就挣不到钱了。大家听见她喊，也便不扔了，缘币则仍无人去换。我想她一定有些失望了。

有个手极巧的姑娘，当众用类似橡皮泥的东西做了小鸟、小丑来卖，这算民间工艺品吧，但不见有人买，虽然索价并不高。许是不好拿，也不好保存吧。

我们转过一圈然后才离开，天很热，但园内却仍有不知何处来的凉风，或许此乃龙气也。

虎 刨

　　这次在虎山，看老虎游泳。它大概实在太热了，遂下水以求凉快。老虎游泳的姿势一如狗，有人便在一边命名说，这是"虎刨式"，恰与便在近旁的名泉"虎跑"谐音。那人不过随便开个玩笑，并无什么用心，却让我对虎跑泉水当初的命名之深意产生了兴趣，回家便找出张岱的《西湖梦寻》来，内中记载性空大师当年来游此山时，"乐其灵气郁盘，栖禅其中"，但却"苦于无水，意欲他徙"，而正值此时梦见神人说要遣二虎驱来南岳之童子泉，"翌日，果见二虎跑（兽用足扒土之意也）地出泉，清香甘洌。大师遂留"。

　　原来此泉果真与虎有关，虽然那关系更多是梦幻的、宗教的，而从某种意义上来说，宗教不正是人类一种集体的梦幻吗？

　　老虎以其威严、雄壮，原是极易进入宗教作一角色的。即使目下回到俗世，也仍震慑人心。这使它就算在动物园里也维持了独尊的地位，所居之处有山有水，是别的猛兽望尘莫及的。

　　老虎似乎更合于占山为王，这也不知道是从哪里来的印象，因此见它落水，大家都觉得奇怪，又见它绝非旱鸭子，更有一种赞叹。

　　我是第一次看老虎游泳，也因此弄明白了"虎跑"泉水名字的来历，这都可算收获。

西溪偶记

　　太阳时而暴烈，时而温润，却一直在头顶。空气里混合着草香与说不出来的其他味道。天热得让人有些喘不过气来。也许就因为这个，湿地多数去处几乎没有游人。大自然便以这种方式在休养生息吧？

　　从前夏天是农人劳作的日子，我记得自己当年此时此刻干的

是锄地，从一头到另一头，在塞上，往往得半天，那是何其遥远的途程！没有水喝，也没有遮荫处。不知道是不是由于年轻，一日复一日，也都挨过来了，我的体力不久便与本地人相当。如果所谓上山下乡运动仍然持续下去，试想我现在会是什么样子——纯然一个老农？恐怕也不大可能。那时自己已开始学习裁缝手艺，觉得必要时可以混口饭吃。

在西溪想起这些，是因为触目有乡野气息。但这里又完全不像农村的样子，不用说没有农人，也不种庄稼，它更像人类出现之前自然的面目，却又处处都是人类的痕迹。所谓湿地公园，是一种很奇怪的存在。有人把它比作城市的肺，我看更近于肠子吧！

前几天刚刚下过一场雨，水位很高，水质混浊。

夏日的西溪似乎在用格外的安静嘲讽这一切。没有一丝风，某个瞬间，你甚至感受不到人世的气息。一片叶子落下来，一朵开放不久的花蔫了，一只蜻蜓飞来飞去仍回到那根它喜欢的枝条上，噢，更小的豆娘你不注意根本就看不见。

它们在眼前的世界里繁荣或衰败，它们都是这儿的主人。

而我，只是匆忙来去的过客。

跨湖桥遐思

　　跨湖桥是后来才有的地名，当初叫什么，没人知道。当初恐怕也没有类似今天地名这样复杂的玩意儿。眼下诸暨大唐有座并不高峻的山仍叫大山，我觉得就是远古时祖先称呼一个地方的法子，他们根据自己有限的经验命名，随心所欲，并不在乎是否会与另一个地方发生混淆，也不晓得这个世界到底多大。

　　在距今1万年的第四纪冰川末期，气候逐渐变暖，海平面回升到距离如今约﹣60米，至8000年前，更上升到﹣5米。跨湖桥文化正出现在这个时期。

　　他们是最早的杭州人——在这儿渔猎、种植，也在这儿生活、繁衍。

　　跨湖桥底下发现了中国最早的独木舟。

　　舟体主要部分都在，如今就存放在出土原址上建造的博物馆里——残存物外周的曲线算不上规则，被修复成一座想象中的方舟。而我看不出断定它是方舟的理由：仅仅因为有过诺亚方舟的传说？

　　由于这舟的发现，我们推测他们打鱼；由于外表涂生漆的箭杆出土，我们知道他们狩猎；由于挖掘出的器具里残留的谷物，我们晓得他们已学会种植。

有孔的骨针告诉我们他们会缝纫；细密的竹席告诉我们他们早就懂得编织。

他们生活得简单，却一点也不比我们笨。

只是我们没法知道他们唱什么歌儿，穿什么样式的服装，然而根据出土的玉璜可以推断他们是些爱美的人。他们肯定也是勇敢的人。

但在这里生活了几千年，他们就没了，不留下任何踪迹和去向。

那时气温变得更暖，海平面升高导致不可避免的海侵——大海把冰川期与日本群岛曾经连成一片的陆地重新要了回去。

七千年前的杭州是一片汪洋。

没有桥也没有道路，没有房子也没有树木。

不知道对于祖先而言灾难如何发生？它一定是逐渐积累的，因为海平面回升不会一下子到位；它也完全可能是突然而至的，通过类似海啸的方式使人猝不及防。

在那样汹涌的波涛面前，独木舟有什么用？一个巨浪就都打翻在海底，而后泥沙沉积掩埋了它们。

一定有许多船至今沉睡在地层深处，而这艘船意外地被发现了。

那块乌黑的头盖骨在展柜的灯光下沉思，我看不出他有丝毫恐惧。

没有迹象表明这些人后来去了何方，跨湖桥文化中的某些特点，譬如江南此前与此后都没发现过的黑光陶，就此中断。

事实上所有灭绝的文明背后，都是大自然有形无形的手在起作用。

天地不仁。

那种亿万年一次的循环，如何顾得上人这种渺小的动物？

之后几千年，杭州渐渐地再次成为陆地。

随之而来的人们与当初跨湖桥先祖有没有关系已不可考。

宝石山上至今仍存据称秦始皇用过的缆船石。又过一千年是宋朝，当时面积很大的湘湖分为上湖与下湖，跨湖桥在两湖间的葫芦颈地带跨连东西两岸。

再过一千年到了民国，气温继续升高，湘湖名存实亡。

20 世纪 50 年代，杭州砖瓦厂就坐落在这里，以湖底几千年形成的淤泥作为产品原料。大量取土，形成一个个巨大的凹坑，连片灌水后，仿佛湘湖重临。

二十年后，萧山城厢砖瓦厂也在这里落户，它的取土范围，正是八千年前先人生活的故地。于是不断有些零星的陶片与石器散落出来，没人当回事儿，只有一个叫陈中缄的医生以及后来有个叫郑苗的小学生经常前来翻捡。冥冥中，他们是受了先人魂魄的召唤吗？

陈医生当时就向文物单位报告过自己的发现，可惜没得到重视。否则浙江的史前史就是另一种写法了，因为河姆渡遗址此后

才发现。

那个郑同学继而成了中学生、大学生，始终关注着不断出土的文物，直到 1990 年，经由他就读学校的老师转告有关部门，事情才有了转机。

此时二十年不间歇的机械取土已形成上万平方米的深坑，有关部门开始并不抱什么希望，只是作为一般抢救性发掘项目来做的。

而众多彩陶的发现，显示出与此前的河姆渡及马家浜文化不同的特点。

两年后，发掘品送国家海洋二所（现自然资源部第二海洋研究所）的四个碳 –14 检测数据出来，结果大出人们所料，距今将近 8000 年意味着这几乎是浙江最早的文明。

2001 年、2002 年，发掘再次进行。除更多的陶器、石器与骨器外，还发现了整条的独木舟。再次由北京大学所作的碳 –14 测定证实了原先的年份推断，研究结果证明跨湖桥文化确是一种独特的文化，消亡原因无疑是海侵。

当人们在做这一切的时候，怀抱着什么样的愿望？

追寻童年，除了念想之外，还有什么样的意义？当初生活在跨湖桥一带的先人，日出而作，日落而息。不可能知道此后若干年波涛将淹没一切，正是他们日常生活留下的印记，成为向后人表述与传达的媒介。

多数文明的结局不过如此。

今天隔着几千年时光，我们试图与先人沟通与对话。

如果交流可以穿越岁月，我们最想对他们说的是什么？（一定要做好海侵突然而来的准备？）而他们最想对我们说的又是什么？（也得准备海侵的到来啊！）

有研究者认为，虽然直接证据并不确凿，但跨湖桥文化并没有消亡，通过并连的方式，独木舟出海到达日本或其他地方的可能都是存在的。

至于向内陆退让，尽管没留下明显的文化印记，也合乎常情与常理。

追寻跨湖桥文化此后的动向，成了文物考古与研究者最关心的事儿。

而我在接触这段史前史时，还想到 8000 年之后的杭州会是什么模样，如同我们今天关注跨湖桥文化，那时人们也一定会关心今天的我们，他们将做出什么样的评价？

由于气候继续变暖，海侵的确可能再次发生。而所有今天的文字，包括影像资料有遗留至那时的可能吗？

将来新的海底淤泥会保护这座如今我们用来保护跨湖桥文化遗存的博物馆。我们正在费心建设的钱江新城也将成为发掘对象。

海平面几十米乃至几百米的升降足以改变一切。

不管科学如何发展，对此人类恐怕也无力抗击。如果地球仍然健康得足以维持我们后代的生存，他们一定比今天的我们更加敬畏天地。

此外，渺小的人还能做什么？

在富春江边喝夜茶

富春江在富阳市区拐了个弯，再向下游流去。拐弯处江面异常开阔，很像个湖泊。这几年，经过整治的江边，铺设了宽宽的人行道，然后紧挨着马路，马路对面有一幢连一幢的高楼。

夜里，顺着江边走，感觉有点像上海外滩。

一起散步的是几个喜欢文学的朋友，除老杨外，都未曾谋过面，算是初识，秋风拂面，边走边说着闲话。

平时都忙，得做别的营生，那与喜欢不喜欢无关，是苟活的必要。文学在今日，已近于奢侈的享受，仍好此道者渐稀。

朋友各有谋生办法，仍喜欢看点书是同好，而在夜的江边聚谈，似乎乃经常所为。

走了几里路，在露天的茶摊坐下，每人一杯清茶，老板还端上瓜子与水果。

夜略有些深，话题渐渐扯得也就有些远，多不着边际，如天马行空，有一种来去自如的快意。这期间不断有手机响起，提醒交谈者仍在俗世，诸多杂事需要操累。

有一阵座中不见了小蒋，过一会儿又出现了，原来是回家安顿女儿先睡下，他再来神聊。

瓜子吃得很快，因为手都闲着，也因为嘴大多数时候也闲着，围坐一桌的好处是热闹，但同一时间就只有一个人能说，其他人想说，也得等他说完。

似乎大家都有许多话要说，常常一句未完，另一句就插上来。

这样说了许久，看看表，三个小时过去了，我讲，散吧。

于是站起来，几个向一头走，另外几个向另一头走，彼此道声再见，就算见过了。

什么时候才能再见，至少对我而言，不知道。

归途上脚步快了一些，江边有些寥落，因为夜深的缘故，但不时仍有好看的女人从身边走过。夜色中富春江显得阔大深沉。我想起许多年前严子陵就在这条江边钓鱼，那时没有高楼，也没有水泥修筑的大堤，那时的夜，是何等安静啊！

富春桃源

　　古人关于乌托邦的理想十分简单，在陶渊明笔下，那是一种"不知有汉，无论魏晋"的封闭式田园生活："土地平旷，屋舍俨然，有良田、美池、桑竹之属。阡陌交通，鸡犬相闻。"而人民过着"怡然自乐"的生活。这种状态既与生产力高度发达无涉，个人自由也有限。其最大好处，不过是与世隔绝，因此免除了种种现实社会的压迫与纷扰而已。

　　千百年来，战争频仍、政治黑暗的时代，往往连这么一种生活也不易得，桃花源因此成了乌托邦的代名词。

　　中国这些年来正在进行现代化建设，若干方面取得的成就远远超出了古人的最高理想，也有问题，其中之一是生活方式导致离田园日渐疏远，虽有种种不愿割舍的方便和补偿，心底里，仍难免牵系从前那种与大自然朝夕相处的亲密与平淡。

　　富春桃源乃应运而生。

　　围绕碧云洞展开的这么一处景观，几年前就来过，那时洞外的风光尚未梳理，只有洞中可游。记得当穿过百余米长的隧道，乍一进入洞厅时，不由得就想起那句老话："别有洞天。"我原是不怎么喜欢溶洞的，觉得千篇一律，同时也憋屈，何如在蓝天白云下面舒坦呢？

但碧云洞完全不叫人憋屈，它巨大的空间如同一个完整的世界，高高在上的洞顶，石头的样子有时像翻卷的云层，也有时像一朵一朵飘浮的云彩，直往远方铺排过去，在其之下，则有各种石笋、石林，很疏朗地分布各处。

面积超过23000平方米的碧云洞，几乎难以想象它的存在，掏空如此巨大的空间，该是何等蛮力？那天穹般的拱顶又是怎样支撑的？所有这一切都非人力能为，而透露出一种天意，令人敬畏。一个同行者看着从洞顶跌落地下的石笋而略有担心：会不会这个时候也发生一些意外呢？另一个同行者则完全不顾及这种可能，就像在黄昏田野上散步般闲适，心旷神怡。

星星点点的灯光照着碧云洞内若干处景观，讲解员不时为我们述说编织出来的神话传说；其他部分则隐匿在黑暗中，又因为临近光亮的映射而若隐若现，更觉其海海漫漫。

据说这个洞是5个当地农民发现的，他们打柴时偶尔注意到这里的地貌，推测下面可能会有一个小小的溶洞，乃开凿了一个200余米长的隧道，始得以进入这个巨大的空间。支持着他们艰辛劳作的，是一种冒险的渴望，对未知世界的向往，还是仅仅为实利与私欲所推动着？大概兼而有之吧。进入溶洞后，他们首先做的，是把那些最美丽的钟乳石凿下来卖钱，现在我们仍能在靠近当年那个隧道入口处看到被损坏的景观。

碧云洞是亚太地区单独洞厅面积最大的溶洞，比我游览过的许多知名溶洞都有气势，唯一可与之比拟的是贵州龙官，但后者以汹涌的水势见长，如果仅论溶洞的宏阔，也无法匹敌。

正当盛夏，洞里气温却只有17摄氏度，穿着几乎湿透的衣衫进去，不一会儿就感到凉得透心，漫游临近结束时，已只想快

些出来，尽管知道外面仍酷热难当。

接着坐新建的电动车穿过人工开掘的岩洞，去看一片纳入景区不久的野槠林。洞壁狭窄，仿佛身子稍一伸展就随时可能碰到，车速并不见得多快，但因为在没有照明的黑暗中进行，这个短短的过程因此略带刺激并让人有些紧张。我不由得想起最近屡屡听说的矿难，那些以命相搏的矿工，尽管早就习惯了，每次下井去恐怕仍难免类似的恐惧。

入野槠林时，日头已隐去，凉快了不少。顺着山路走，太阳暴晒过后的植物散发出一种诱人的清香，这是城里闻不到的气味。不时经过草舍木屋一类建筑，我更喜欢的，还是那种乡野的意趣。

一直走到岩岭湖码头，然后坐上木筏，七个人，刚好一条，稍感遗憾的是，艄公不用篙与桨，而是借柴油机运行，除了略略破坏清纯的桃源梦之外，长远来看，对水质的影响可能也是个问题。

山水静美，比较千岛湖那样的海海漫漫，这里显得小巧，也更合桃源的本义。

所谓桃花源式的理想生活，绝非向外充满野心地扩张，而更注重内部的和谐，在我看来，这可能是更重要的，在经过若干年现代化发展之后，我们已不能不感受到资源的限制。而20世纪的两次世界大战，说到底，正是各个大国对资源的争抢与占有。那么从追求幸福出发，结果恰恰相反，给人类带来了巨大灾难。

一般游客，大概不会考虑这些，但安然恬适的气氛，仍会深入骨髓，影响人长远的精神。

天有些晚，本来还要再去另一个新辟的洞，但是来不及了。

又想起"别有洞天"这句老话，它讲的何尝不是一种人生境界？对于普通人而言，幸福往往在于找到那个适合自己的"洞"，并得以在其中展开那片属于自己的天空。

人的一生其实很短，能够做的事也有限，除去少数政治家，意在改天换地，不愿被某种空间拘囿。多数人最好的度日办法是专注于自己的事业或游戏，即钻在那个洞里，入得最深的人常常最幸福，当然有些时候也还要能够出得来。

这是不是"洞天"这个词的本义呢？洞中有天，洞中之天才是我们不光用眼睛，而且可以试图用手触摸到的。

那五位发掘此洞的农民，无意间改变了这个地区至少是一部分人赖以生存的方式。至于他们自己，如今在做什么呢？

经营这个旅游项目的不是他们。现在这个世界，资本在全世界周游，即使这么一个洞，也会千方百计钻进来。因为资本介入，景区得以尽快成熟，也因为资本介入，难免会有急功近利的现象出现。

如何更好地发挥资本的作用，而长葆景观的青春？这显然是一个带有全局性的问题。

之所以说这些，是因为真正的桃源是大家居住的这个世界，除此之外，我们还没有找到别的桃源，更重要的是建立人类社会及与自然的和谐关系。

潇洒桐庐

中国是个口号大国，几十年来，盛产各种各样的口号。

至今，我们还是喜欢提口号，各种各样的都有，但我注意到一个现象，那就是一些口号渐渐变得不那么像口号了，最近杭州提出的"生活品质之城"就是其一，这个口号最大的特点是含糊其词，因为品质有好坏、高下、雅俗等之分，如果和当年的"十五年赶超英国"相比，显然缺乏雄心壮志，但与普通老百姓的距离，无疑近了许多。

最近参加一个名为"潇洒桐庐行"的活动，去了才知道，此中"潇洒"二字绝非随便说的，是当地提出的一个纲领性口号，尽管初听来，让人觉得多少有些轻飘。

"潇洒"二字，取自北宋大文豪范仲淹一气呵成的《潇洒桐庐郡十绝》，渗透着一种智慧的人生态度和价值取向，与沉重乃至激烈相比，不能不承认，潇洒是更人性的。这个词的内涵其实非常宽泛，以我的理解至

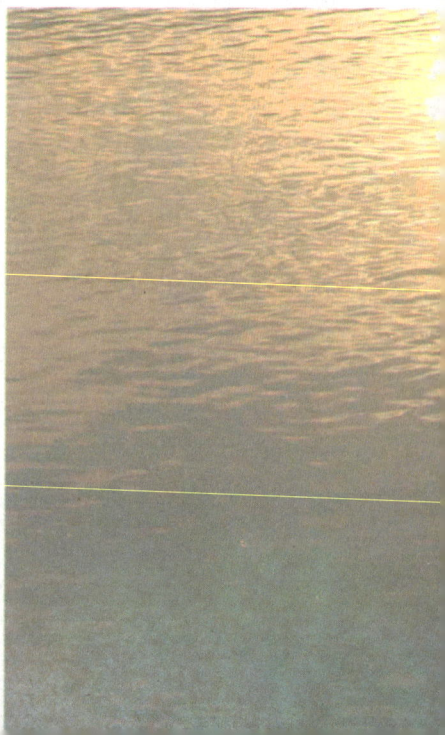

少有如下几层意思。

一是物质生活的自足与自适。没有一定的物质基础，人很难潇洒起来，衣食足，才谈得上潇洒，而对物质生活的构建，往往是辛苦的。就以在桐庐所见所闻来说，分水镇的制笔业，规模已达年产 62 亿支，即供应全球每人一支。小小的镇上，制笔厂林立，多数都是新建的，就参观过的而言，厂房宽大，工作条件不错，但工人劳动还是十分紧张，每人每天得装配 1000 支笔，才能挣到 20 元钱，对贫困地区的农民而言，这就算不菲的收入了。他们只能算在为可能的潇洒生活打基础，至于能不能有朝一日潇洒地生活，当然与个人努力有关，更大的关联度恐怕还在于整个社会架构进一步趋于合理。

这就不能不说到潇洒与另一层面生活的联系，那就是自由自在的精神。衣食足以后，人就产生了文化需求，参与社会生活以实现公正的需求，在更大程度上提升个人价值的需求。如果制度

建构没有随之发生改变，让人们的种种需求得到满足，那就谈不上潇洒。

从这个意义上来讲，潇洒更多指的是人的精神状态。

这些年来，流行文化意义上的"潇洒"，把这个古词的意思弄得鄙俗了。这也是我初听觉得轻飘的原因。什么叫潇洒？我想老子的"天人合一"是潇洒，孔子的"随心所欲不逾矩"是潇洒，墨子的"手足胼胝"也是潇洒，潇洒是对未知世界的无穷探求，潇洒是迈向一个设定的目标而不避艰难，潇洒是不为物欲所拘囿，潇洒是人与人关系达到圆融的程度，潇洒是思想的舞动和飞升。

桐庐把潇洒作为一个施政口号，我认为是有创造性的，让人民都能潇洒地生活是比小康更高的理想，这些年桐庐经济快速发展，已进入全国百强县，无疑为此提供了可能，也不妨对自己提出一些更高的要求，其实潇洒是几近"大同"的境界。

口号已经提出来了，唯愿所有桐庐人都能真正潇洒起来，更愿天下人都能真正潇洒起来。

到江南镇去看老房子

人们见面几乎必谈房子的日子差不多有十年了，房子不只是居住的处所，还成了身份象征与投资工具以及经济活动环绕的中心之一。

没房子的人买房子，有房子的人努力把它弄得更漂亮，房子多的人则靠卖房子发财。

从前中国人似乎也喜欢房子，至少乡村里有点钱的人，都要把房子搞得像像样样，在当时的那种条件下，装修所花功夫一点不比现在的人少。

这次到富阳江南镇去，最重要的内容就是看老房子。

那里的几个村子：荻浦、深澳、莲塘、环溪都有许多老房子，年代远的早至清乃至明，多数年久失修，虽残破不堪但韵味仍存，也有的近年来做了修整，成为景观与旅游资源。

与今天的楼房相比，老房子内敛而典雅，其细节的精致往往令人叹为观止。那些形态各异，意味相仿却各有特点的门头与窗棂上内容丰富、做工不俗的雕刻，每一件都是艺术品。

与之形成对比的还有老房子墙上几十年前涂写的革命标语，笔迹粗陋，至今依稀留有痕迹，是一段历史的见证。

那个年代没有标志性的建筑留下来，却也在传统建筑上留下了自己的印记。这些印记让人读毕不禁莞尔，当年身历者的心情肯定大不一样。它们并未被有意收罗在旅游规划与介绍中，其实完全可以成为重要的内容与题材。

我们不说别的，就看房子，那些年留下了什么建筑？就算城里有工人新村也多是装装样子，几成工人能住进新村？多数人与父母一道挤在从前的老房子里。至于农民，全中国之内，有多少村子最好的房子是那些年盖的？

所以我认为江南镇应当以一种历史的责任心来做好保存相关遗存的工作，将来必有大价值。

荻浦村那个水塘边原先有许多低矮破败的老房子，村民围着水塘做生意，形成天然的集市，极富韵味。这次重临，水塘围上了栏杆，老房子涂饰一新，弄得规整了，集市则不复存在，令人深为惋惜。来这里旅游的，不就是想寻找一点历史的旧貌？你把魂儿弄没了，谁还来？

随着经济发展，近些年村里仍存的老房子渐渐陷于新房子包围中，到了认识它们的价值时，整体环境已然不可复原，好在老房子有许多还在。

新房子已越来越多，最近几年多集中一道，形成类似城里的居住小区，其中不少建筑面积很大，模样也不错，足以羡煞城里人。

突然想到，看一个地方兴衰，其实只要看房子就行了，大致八九不离十，百姓行有余力才盖房子乃至盖好房子，弄到一间好房子也盖不起来的，绝非好时代，不管打着什么样的旗号，都是扯淡。

在江南镇看老房子，得到如上启示，至于细节上，足以提供给我们认真学习的东西真是太多了。

让百姓精心与费心地去经营自己的日子，永远比大而无当的催逼与折腾要好。

就连一座好房子也没留下来，那种自吹自擂的"好"又好在什么地方呢？

湖畔秋韵

　　已经有些寒意了，湖边满是细雨中飘落的梧桐树叶，铺满一地，煞是好看。中午，撑着一把伞去走路，此景此情，难免叫人想起20世纪初戴望舒写的《雨巷》。那样一种静穆的风光与心情，现在很难寻觅了。

　　发展真快，不说城市，就连西湖景观，也在每年变样，今年造出一座雷峰塔，重辟南线，明年又在筹划改造湖滨修步行街及西进事宜，后年呢，恐怕轮到北山路一带了。几年后，无疑会有更大更好看的西湖及周边景观。只是那种散淡的味道、有点落寞的轻愁不复存在。

　　想想如果从前达官贵人的后花园里弄一座现代雕塑是什么效果？

　　但西湖仍有古典风韵，尤其是中午，尤其是已近冬天的雨中，虽然不会撞见望舒那样穿着长袍的青年，一种淡淡的情怀还是能够感觉得到的。

　　湖边花坛在更换品种。大抵是一种谢了，再换上另外一种新开的，以保持永远有缤纷的色彩，这样虽然也是好的，但我更喜欢浑然天成，譬如近岸处那些残荷就很有味道，残花败叶不亦如此？

　　其实人生滋味全在起伏，欲得之物不易得，才去争取，才在这个过程中觉着快意，也才会宝重，总是停留在巅峰，会感到乏味。

西人深得此中真谛，才创造了西西弗斯这个人物，他不断地把石头推上山去，尽管知道一旦到达峰顶就会又滚下来，还得重新开始这个过程。

自从开始现代化进程之后，我们仿佛也陷入西西弗斯的境地了。

古老中国崇尚的那种淡泊、无为，渐渐难得一见。

戴望舒当年留学法国，法兰西似乎天生有一种慵懒、浪漫，和美利坚是大不同的。它的现代与古典鼎足而立，一如卢浮宫和那座工厂一样的现代艺术馆相伴。

我之喜欢西湖，当然在它的古典，而改造对我而言最大的好处是几乎可以沿着湖边无障碍行走一圈，从各个角度看她。

关于西湖的美，古人已说尽，无须我辈再来侈谈。我只是每天在湖边散步，读湖光山色，暂且免除西西弗斯往上推石头时多少会有的无奈。

至于人生，谁能完全免俗？人这种社会动物，即使如何追求自由，也仍是蜂巢中的一个角色。

逛苏堤

逛苏堤，最好在早晨，又最好飘着一点细雨，这时朝两边看，远山若隐若现，而近树则更加明丽，偶见野花二三点缀其间，或奇葩一片如火耀眼，疑惑自己无意间步入了一张画中，当然这画是带彩的水墨，似乎有唐宋遗韵，又还生动着。如有一些风，则湖中的浪拍击堤岸，仍能见出沉雄之气，听涛声哗哗地响，这是音乐了。而细雨如雾，让近处与远处的一切显出层次，倘若心静，便能同时感觉出时间的层次，比如体会当年苏东坡游玩的悠闲，又无意中想起这个词目下竟被借用而带上浓厚的政治及悲剧甚至谐谑的意味了。

在苏堤上，当然最好忘记现实甚而历史，只是无思无虑地漫步。走过一座桥，再走过一座桥，这桥下的河道把堤南堤北的湖水沟通与连接。向一边，能看到那几个小岛，如梦如幻；向另一边，是被称为郭庄的佳妙去处。这苏堤，把西湖劈开了，就像把梦劈开，也仿佛把一种类似天堂的景致放在你面前。

走过苏堤，便是太子湾。南山下，不知是否是当年蒙古人放马的地方？现在有许多草，而新婚的夫妇都要来这里逛一逛，说是能早得贵子。

公园边上就是章太炎纪念馆，十分清静的去处。

章早年革命，去世之后却能得这样一个好地方享受安宁，亦足矣。而这是否有悖他的初衷？在后人，也只好如此体恤先辈了。

这已有点现实的影子，虽然仍不是现实；而当年章背负了救天下的理想时，他还有没有闲心思逛苏堤？

逛过苏堤，觉得天下真好，这世界是值得一切志士仁人为它献出自己的热血乃至生命的。

云栖，天梯之始

　　云栖的竹林是有名的，最让人留恋不已的还是那些岁数在几百年间的老树，身子骨仍然那么挺拔，叶子又那么翠绿，岁月不只通过它们延续，还仿佛就凝聚在枝叶上。比较之下，人只能由代代传承来秉持岁月，我们的历史感实在远不如老树那么直接与强烈，倘若植物也有感觉的话。

　　植物的感觉能力似乎正在得到科学的确认。所以我格外安静地注意倾听竹木的细语，那种声音是只能意会而难以传译的。它让我欢喜，我真想在那样一个林边买一座茅屋，远离城市的喧闹而与自然为伍。但想了一想，又最好还有电话与电脑，可以不致过于疏隔了现代的信息。

　　那么，这样的僻

居，还能真正和自然相融吗？

林边"洗心池"水清见底，乃至难以确定它的深浅；这就像难以确定这些老树真正的年龄一样。但计算年龄是人类的事儿，作为树来说，它只是自然地生长与衰老，而有的树似乎永不会衰老。我们在池边坐下来，互相把水撩泼在彼此的身上，感到一丝清凉的惬意。

历史就在这些老树中间，尤其是雨前，千年古荫下天色晦暗，令我觉得这世间亦同一棵什么巨树的浓荫。

并非为寻日光，我才上山去，山道居右，其左还有一条小径，窄不足尺，怕不是供旅人踩踏的，但密密的竹林中间，更有云栖的味道呢。

不一会儿就下雨了，山路极滑，好在有竹子可以攀缘，难的是觅路，小径时而消失于密林中。就这样寻寻觅觅，一直上了山。

山上看钱塘江才好呢，细细如白银一线，蜿蜒于远处；另一边则西湖宛若镜子。

这时雨停了，由山道可以径抵龙井。

其实山并不高，但云就在脚上飘来荡去，时而掩住什么，时而又掀开。风紧的当儿，波涛般汹涌，又能感到它轻若棉絮。

这一带山景，无雨已佳，尤佳的是空寂，一路走去，难得见一孤客，雨中就更是这样了。

但近龙井时，水泥的阶石滑极，我多次失足，心想若伤着，荒山野岭间，真是呼天也不应，那可惨了，好在并没有。

顶着一把雨伞进城，如再返人间。细雨仍迷蒙，恍恍惚惚的，连我自己感觉也像刚从天上下来。

那么这云栖，是天梯之始了。

夜赏清桂

　　住在杭州十多年了，却很少趁金秋的好天气去闻一闻桂香，通常只是买几枝花来插在案头。桂枝一旦从树上摘下来，上面的花儿一两天就凋谢了，也就算过一过瘾吧。还想闻那香味的话，可以买一瓶糖桂花，做甜食的时候放一点，香气便弥漫开来。

　　桂花并不怎么好看，但浓香扑鼻，所以赏桂和看别的花不同，夜里也可以去，而且因为那时心无旁骛，更加有情调。这样说，好像我很有经验似的，其实只是今年国庆夜里去过一次，也不是专门赏桂去的，而是拗不过儿子，带他去看"柳浪闻莺"的灯展。这几年灯展年年都有，我一次也没去过，自己倒也不遗憾，但觉得有点对不住儿子，小孩总是喜欢轧闹猛（凑热闹）的。

　　那天傍晚就去了，只见草地上已经坐满人，等着上灯的时分，也不仅是小孩，看来闹猛还是大家都喜欢轧的。趁着白天，先把陈列在那里的巨型灯盏都看了一遍，多数制作还是粗糙了一些，但当夜幕降临时就变得好看了，因为细节已被遮掩，而围睹者蜂拥，大家都争先恐后的，什么东西这样一来也就金贵了。

　　我带着儿子看，自己还是没多大兴趣，宁愿离开众人拥挤处而去僻静的地方走一走，这些地方大都有桂树，在夜色弥漫中散发着甜甜的香味，算是近年来最畅快的一次赏桂了。

桂花的行迹似乎不广，但借着"吴刚捧出桂花酒"的传说却也弄得尽人皆知，然在月亮上那实在只是一个依稀的影子，并无香味，所以真正的好处是难以了然的。我在塞上多年，与此道相隔久矣。

那天本来是悦目去的，结果得以赏心，这实在是借了桂花的香味，在此聊表谢忱吧，花或许不解人意，你又怎么知道它不解人意呢！

植物园秋色

今年的秋天有些奇怪，天欲冷不冷，许多树叶未及灿烂便已枯萎。暖冬在人类不休的争论和鲁莽的行动中已然来临，所有物种的命运不可能不受影响。

树叶在落地之前的绚丽，其用意何在？我对此始终没弄明白，那一定是有道理的，就像孔雀展开漂亮的羽毛是为了求偶，世上凡事皆有原因蕴含其中。

那么，未及灿烂于树是一种什么样的损失？

也许有科学家早在关注这个问题，并找到了答案，但我蒙昧无知，甚至不知道这样的秋冬对自己有什么影响。嘴角有些肿胀，用中医的理论，叫上火。

该冷不冷，人体难免也要不适应，上火只是表象之一，内在哪里失调？与植物的反应当然不一样，至于是植物还是人体将更快适应这种变化，我真的不知道。

许多树寿命都比人长，许多树种的出现也要比人类更早。它们比人类经历过更多的气候变迁，它们应对突如其来的改变，很可能比人类更有办法。我相信树叶未及灿烂就凋落便是办法之一，只是其潜在的意义暂时无法被人读懂罢了。

人很可能是诸多动植物中最愚蠢的，只需看他经常在做与这个世界，也包括自己过不去的事情就可明白一二。

中午到植物成堆的地方去赏秋叶，阳光照得人懒洋洋的，一点也没有初冬的肃杀之气。

我忆起往年此时，突然间觉得有点落寞。

吴山闲情

都说吴山是世俗的，其实它也是文化的。而古今与西湖有涉的文人中，名气最大的数苏东坡与白居易了，两位不但文章好，还在杭州做过官，文章之外，都留下了若干政绩。如只说文章，我认为不可小觑的也有两人，一是张岱，二是李渔。李渔，诗词戏曲无所不能，晚年就定居在吴山铁冶岭上，辞别金陵后，买了张侍卫的居所，加以修理整治，乃成有名的芥子园（一说层园），尽管已近古稀之年，仍"歌弦迭奏，殆无虚日"，其著名的《闲情偶寄》就是在这里捉笔写成的。

移居西湖之后的李渔，自号"湖上笠翁"，在新居曾撰一联题柱云：

> 繁冗驱人，旧业尽抛尘市里；
> 湖山招我，全家移入画图中。

我认为，李渔才得了西湖真精神，杭州历来很难做成大事业，但赋闲，天底下少有比它更合宜的。李渔的不同寻常处，在他有本事，身处那个娱乐尚未成业的时代而借此谋食。作为一个知识分子，他一不求功名，二不慕实业，组织了一个家庭戏班，

靠唱堂会过日子，这种生存方式，为当时稍有脸面者所不屑，实在是那个年代的另类与异数。

如今几百年过去，我们翻捡旧籍，多少名重一时的闻人都成了过眼云烟，而李渔的文字却让人百读不厌。这原因，就在于他笔下有一种大自在。什么样的人生最美丽？虽然不同时代有不同的答案，而古今无异的是精神上的自足与自得。

今天杭州的繁华早已是李渔那个时代不可同日而语的了，从吴山往四周看，多少高楼拔地而起，遮蒙了远处的西湖，游人如织，夜夜灯红酒绿，人们物质生活上的种种便利与享受是从前不可比拟的，但即使如此，几人能有李渔那样的真洒脱？

据替《笠翁一家言》作序的丁药园说，李渔接手时的张寓早已废颓，经他修整后，"高其甍，有堂坳然。危楼居其巅，四面而涵虚。凡江涛之汹涌，攒峰之崒岉，西湖之襟带，与夫奇禽嘉树之依息，靡不环拱而收之几案之间"。我们即使不及其他，只看李渔对居所的择取与修葺，便可称其为一个大艺术家，天下胜景，从书房的窗子里就可以尽收眼底，还有比这更妙的吗？那些有权有势的达官贵人，不解其妙，尽管声名显赫，却难以领会生活中真正的乐趣。此辈较之李渔，差矣！

郭 庄

　　读明末张宗子《西湖梦寻》与近人"说杭州"，都不见有关于郭庄的文字，据此或可推测，二三百年以来，湖边的这处风景并不要紧。但也可能因为它是私人别墅，旁人没有涉足的缘分，远远地从苏堤上看过去，也并不怎么出众，所以忽略了。这处别墅，什么时候开始对游客开放的，没有注意，自己很少前去一睹

风采，因为我不喜欢过于精致的景色。

　　其实郭庄还是值得一游的，当然说它与苏州园林有多大的差别，也未必；但格局总是疏朗一些，尤其是那道长廊及面前的水池，显出一种空廓。如果你越过断墙，就能面对辽阔的西湖，这是郭庄最绝妙处，它借天地胜景装点了自己的庭园，这与牛顿说我们站在巨人肩上所以才看得更远的意思约略有些相通的地方，那么就算是借风景说出的哲理了。

　　其他的亭台楼阁倒也未见有特别处，但安置在那里，就有了撩人的风致。世上其他一些事物大抵亦如斯，功名之类能否成就，更多的得看势头。郭庄得西湖之势乃成为一处佳景。

　　流连一会儿，毕竟小，就由旁门去了"曲园风荷"，秋已渐深，荷花只有个别的仍不知岁月吐着芬芳，多数都已凋落，而荷香依然浓烈。比较之下，曲园更多的是野趣，树林中，游人铺着席子就地坐下，喝酒聊天看湖。这种俗人的玩法，平常而有生气，我竟有点舍不得走了。

慕才亭

  即使闲逛西湖，我也总是脚步匆匆，这里的原因大抵有二，一是我把它作为体育锻炼，并相信必须保持一定速度锻炼才有效果；二是每次闲逛，我都大致给自己确定一个目标，于是本来只是闲散的漫步就变得像煞有介事了。这也与个人的生活习惯与节奏有关，虽然我们最终的去处都是死，但活着的方式和频率却各不相同，而且彼此之间相差极大，因此对一种人来说难以忍受的方式于另一种人往往是最好的享受，这也像庄子说的，子非鱼，如何能知道鱼的感受呢？

  不知不觉走到白堤北端的"慕才亭"，这并非我给自己预定的目标，只是随意路过，而对那个葬在这里的名妓苏小小来说，却是一生的终点。亭柱上写着两句对联，叫"湖山此地曾埋玉，风月其人可铸金"，据说是后人为纪念她而建的。历史上毁过又重修，不止一次。我已经无法想象与揣测像苏小小这样一个名妓，她的生活中更多的是浪漫抑或是痛苦，留在后人记忆里的倒多是逸事了，这大约是因为人们自己希望遭逢千年佳人而难遇，才做如此奇想吧，一个古人的葬身之地遂成为今人游览和寄寓梦想的地方。

杨公堤小记

　　顺着现在叫杨公堤的那条路拐过去，其实更多是旧时风光，一边有曲院风荷、郭庄、花港观鱼；另一边则有杭州花圃、茅家埠、三台山，现在用一个新概念把它们都包容进来，这就整体上形成一个大公园。新开发的景观显然疏朗一些，从前留下来的，从布局到格调，都难免局促。先前因为有围墙拦着，也不觉得，现在打开来，就感到了。

任何一样物事，所据背景是极重要的，如果这么一块山水，哪怕十分之一，挪到上海去，还不把人乐疯了？而对于杭州，这新辟的西湖，也就是老西湖的一部分。可以看出来，大家仍是兴奋的，尽管并非周末，来往人群仍络绎不绝。最多的是孩子，来秋游的吧？也不乏老人与外地游客。这么多人都跑到西边来，等返回时我从白堤上走，倒从平时最热闹处读出闲静的味道了。

水是点睛之笔，有了潋滟的波光，一切就生动起来。

我全然不注意景点名字，一些前人旧居，也只是匆匆而过，这次西进师出有名，所仰仗的，是曾经的风光，但我更喜欢享受此刻的阳光。

2003年秋天的阳光很暖和，一个人走着，看身边与远处熙熙攘攘的许多人。

风光可以再造，从前那种恬淡的味道却无法复原了。

不要说远古，西湖曾是海湾的一部分，其苍凉阔大已不可得；就是南宋时的清丽撩人，亦难寻了。

今天的湖光山色，近了看，总觉更浓艳，如寻一时之欢，倒也未尝不可；想定一定心，钓千年旧韵，就不易了。

我们还能享千年旧韵吗？吴山上的城隍阁，凛然于群峰之上，那种气势，先把自然给压了，透出人的骄傲与狂妄。

300天还是300年前的大西湖，事儿就这么办成了，你不服不行，也还喜欢，就是觉得欠缺了些什么，多少感到有点愧对古人。

洗心池

云栖入口处不远，洗心亭边上的这个小塘叫洗心池，路边经常可以看见有人坐在池边，洗一洗手，甚或洗一洗脚，至于有没有人用它的碧水来洗心，我就不知道了，因为洗心是一个只有自己晓得、别人看不出来的过程。

人非圣贤，孰能无过？

有了过，最好的办法就是自己检讨和忏悔，这么一个过程在各个不同的时代和各种不同的宗教里有各种不同的说法。

心思肮脏，别人不乐意与你相处，就是自己，也不快活。

然而现在情况往往相反，谁有一颗肮脏的心，在现实的竞争中才能占到先机。看一个单位某人与领导的关系，最简单的办法就是看他是不是与领导一起干过不恰当的事。

你跟领导干再多的好事，不如与他一起干一件坏事。

而有几个领导真心要求部下洗心？因为干净的灵魂在这个时代会寸步难行。

目下盛行洗脚、洗头，这常常是另外一种很不干净行为的别称，还有洗钱也成了并非偶然才发生的事情。

唯有洗心罕见，如今谁还洗心？

而我们看到，一个社会的危机正潜伏其中。

和谐的前提是彼此克制与帮助。这不容易做到，需要经常的思想修炼，对权贵和精英分子，显得尤其重要，因为他们掌握着更多的社会资源，如果没有文化上的自我约束，什么事情做不出来？

雾

　　一场浓雾笼盖了城市，吞没了甚至就在眼前的高楼，给人的感觉不只空间消失了，仿佛时间也成为虚妄之物。走在每天经过的街道上，便像回到了远古时代：世界简单而干净。

　　其实拥挤的人群就在身边，汽车的前灯也随时可见。人是容易被蒙骗的，人也喜欢幻想，尤其幻想达不到的境界。

　　我认为这样的时候最宜于游湖，山山水水如同隐现在一张白纸上，简单而朴素，正是西湖从前的剪影，这副清纯的模样我辈平素已无从领略了。

　　但科学家说，这样的浓雾于健康很为不利，所以最好躲开。科学家总是力图把世界看得明白，而凡事一明白，就没有了诗意。

　　从科学的角度来看，雾是一种凝结的水汽，如斯而已，岂有他哉！

　　而隐没在浓雾之后的世界，一如平时，并没有任何改变。

拱宸桥新记

    我居住过多年的拱宸桥，已经面目全非。说日新月异或许夸张了一些，但在搬走七年以后，除了老桥模样大体依然，旧日街区的影子很难寻觅。不用说福海里这样一些从前红灯区的旧房不复存在，就是一般民居乃至街道，亦多废掉重建。

    这很像一百年来中国人命运的缩影：为了新生活，我们无情地抛弃过去，改变着现在。迫不及待地用包括革命在内的种种手段，力求让变化发生得更快一些，也更彻底一些。

    如果仍住在这里，无疑我会高兴，运河的水较先前干净了，两岸正建设公园，是晚饭后散步的绝佳地。至于日常生活是否更方便，尚不得而知。因为现在的模样更像一个行政区划的中心，而非居住区，虽然住宅的密度显然比过去更高了。

    运河文化广场宽大而拥挤（这种感觉矛盾而奇怪），古典风格的新建筑与更多的西式高楼掺杂在一起，形成一道特别的风景，让人产生不知身在何处的疑惑。

    从前拱宸桥式的市井生活，没了。

    河上水运依然繁忙。古人的智慧即使到了今天仍然因为低消耗高效益而为时人所重，河中经常可以看到来自中原的船只。那些船民终年漂泊在水上，对于他们而言，诺亚方舟是具体而

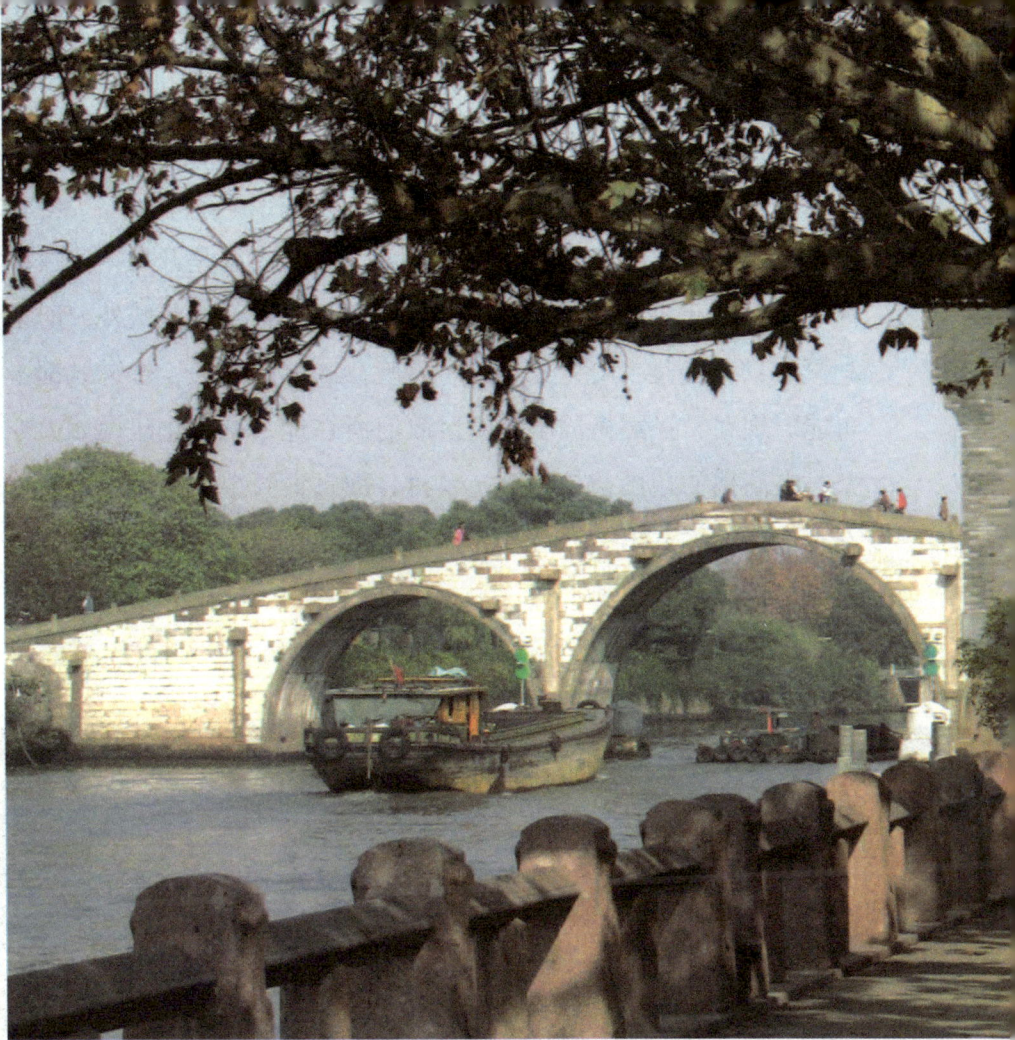

微的。

现在杭州有人买不起房子，就买条旧船，住在水上。那样过日子，恐怕经常会想起孔老夫子的话来："逝者如斯夫。"是紧迫感更强一点，还是能够过得坦然些？

运河从来不是悠闲的象征，它是人们用来忙碌的。但从前人们的忙碌也是悠闲的，譬如坐一夜船，涛声中入梦，天亮到苏州。

现在两小时火车都嫌慢，动车之外又有了高铁。

我们急着赶到哪里去，又去干什么呢？这样匆匆忙忙，常常只是为了更像点样子的旅游与休闲。现代生活的错乱感正表现在这样一些地方。

拱墅区政府向我们介绍建设规划，主要内容是开发一些休闲区块，包括重造若干"都市中的乡村"。从前湖墅在城外，所谓湖墅十景，全是乡野景象。到了傍晚，武林门一关，想进城都不可能。现在，拱宸桥成了拱墅区政府所在地，城市化建设如火如荼，在高楼的包围与挤压下，乡村且战且退，很快将完全不复存在，那么，再造出一些有乡村味道的景观来当作旅游点，就能满足人们怀旧的需要了吗？

历史一去不复返。不要说几千年前的历史、几百年前的历

史，就是几十年前的历史，也不可追寻了。我时常想起自己住在拱宸桥边的时候，两房一厅，那个厅只有7平方米，兼容饭厅、工作室，居然还有余地放冰箱与碗柜。而我在那个写字台上用电脑敲出来的文章，无疑比今天好，至少笔下有更多的雍容之气和古风。

精神生活质量与拥有物质多少是两回事。

不过十年，人们的生存状态是这样变过了。如果重回过去，肯定会有憋屈的感觉，至于现在算不算更幸福，我不知道。

还没搬家时，有一次原野来杭州看我，回沈阳后写了如下文字："去赵健雄所在的拱宸桥，要坐很久的公共汽车。有一段路与一条河并行。河水白浊肮脏，一副疲惫之相。机动船往来运送水泥预制板什么的。总之这条河不起眼不清澈不壮阔不风景。晚上在赵府谈天，夜已静了，窗外有低缓的汽笛声传来，我向赵氏打听这条河的名字。赵健雄呷了一口野菊花茶，平淡地说：运河呀。运河！这就是运河？我才知'京杭大运河'中的'杭'字的道理，又想起隋炀帝，等等。自己不仅昧于地理，还在心中唐突了运河。我第一次见到运河，应该整衽正冠，肃然起来才好。"

今天运河正在申遗，逐年整修，不再是原野看见的模样，拱宸桥边更成立了运河博物馆，气势恢宏，相关历史资料收罗齐全，叫人无法漠视，但几百年的那种味道，还剩下多少呢？

西溪断想

　　今天人们在西溪做的事情，就是让它尽量恢复到从前的模样。而从某种意义上来讲，这已做不到了。因为从前的样子乃不事雕琢，而这怎么可能通过规划与修复来实现？

　　如果岁月能回到一百年前，像西溪这样的湿地，江南所在多有。现代化建设在带来进步的同时，也对自然地貌产生了一定影响。

　　那么，正确对待西溪的方式，或许便是较少注意，让它得以保存和发展。

开辟成所谓湿地公园，能做到这一点吗？

当那么多人在这里游逛，即使水波荡漾，它也不像一块湿地了，湿地是没人或少人干扰的存在。

我在这里漫游时，听到与想起一个词，叫修旧如旧。当事者的用意或许不错，然而修复出来的旧怎么可能是旧呢？那只能是一种刻意做作的新。

绵延不绝的水（河与湖），水边与水里布满各种植物，地上及空中间或还有动物掠过，很少人影。

看到湿地，想起一种遥远的存在，遥远是空间上的概念，也是时间上的。

想起看过的一部俄罗斯电影《布谷鸟》，故事发生的背景就是一片湿地，那是西伯利亚的湿地，阔大，荒无人烟，美丽得让人心疼。

我也想起北方草原的景象，如果有一条河正好穿过，在早晨的阳光下闪闪发光，尽管不是湿地，却让人想起湿地。

那么一种质朴的自然，如今何处去寻？

我在西溪看见了人们的愿望，那是一种企图回到童年的努力，尽管可爱但做不到了。

我们把自然的生命力剥夺了，它如此迅速就衰老了。我们造出年轻的城市，谁知道它建筑在死亡的基础上？

在西溪，目光所及，很难不碰到远处的楼房。

而游船荡起水底的泥浆——这么一种混浊的存在，让人心潮难平。

去富阳看老杨

　　很久没有为了看一个朋友而赶到外地去，蒙老杨盛情，尽管天气不好，仍一早出发。

　　如今人与人交往，更多被实际利益关系牵系着，精神上的沟通并不需要见面，有网络，什么话不可以即时交流？而就算心意相通，一个男人与另一个男人，其实也没有多少话好说。所以古语有云：君子之交淡如水。

　　天气阴冷，不时有细雨飘着，人也难免缩手缩脚的感觉。和老杨一起冒雨去东吴文化公园。那是一处人造景点，在小城边缘，气势宏大，圈了不少地，说是按汉代风格设计的，建筑物屋檐高挑，给人新鲜感，至于是否逼真再现了汉代模样，我无相关知识，不能确断。

　　有个疑问，汉代没水泥，屋檐一类应当是木结构，显得更加朴素厚重才是。即使模样完全相同，换了材质，感觉就会不一样。而眼前的建筑，纵然远眺，也有一种生硬感，这总是败笔。

　　另一个疑问是，尽管这些年富阳经济发展不错，钱总没到用不光的地步，尤其是教育、医疗等投入，与其他地方一样不足。那么，造这样一个大公园，有没有必要呢？这也是经营城市的体现吧。政府手里掌握的资源多了，难免产生运用它们的冲动。

当时我说了一些赞赏这个公园的话，似乎在老杨意料之外，至于上面这些想法，是归来后才产生的。

他告诉我，平时逛公园的人不多。

接着去了到过多次的鹳山，此山临江，以形似展翅的巨鹳而得名，又因为郁达夫故居也建于山上，名气就更大了。在春江第一楼前看船，看天色一点一点昏暗下去，然后就在江边一条船里吃夜饭。

饭桌是谈天的好场所，但正因为彼此对许多问题想法一致，倒觉得没啥好多说的。

扯些闲话，谈点新闻，如斯而已。

老杨有些累了，因为走了多半天，而眼前景物对他而言早就司空见惯，于我则是新鲜的，在新鲜的境地，人容易亢奋，也就不觉得疲劳。不由得想起历史上革命或变动时期那种普遍的亢奋，也是因为自觉不自觉进入了新鲜的境地。

第二天去龙门古镇，也去过，但至少刚到那一阵儿，不认识了。老镇外造了一个巨大的停车场与若干仿古建筑，气派非凡。市里投资一亿元来修复与开发，试图把它变成个旅游热点。中国古建筑，因为是土木结构，经不起岁月冲刷，就在龙门，便看到几处颓败的老房子，难免为之可惜，似乎经费应当更多地用来维修，而不是新造仿古建筑。但钱那样花法，不容易看出直接的效果。

当地人称龙门古镇为龙门苦镇，如果不是贫困，老房子恐怕早就拆光了，前些年人们并没有保护建筑文物的意识。深秋阳光下，许多当地的小媳妇坐在门口穿羽毛球拍的尼龙绳，老杨上前问她们工钱如何支付，说穿一百个挣二十元。紧着干，也得一天半才能完成，收益是低的。但天冷了地里没活做，挣点也好。这是老杨的风格，他关心民情。如我自己出门旅行，一般只看风光。

我由此才知道富阳是著名的球拍生产基地，产品出口到全世界。与中国其他地方一样，竞争力靠的是低工资。听了有点心酸，但愿此地旅游业真正发达起来，老百姓日子能过得轻松点，但对保护真正的古迹来说，也可能未必是好事。

说看老杨，其实更多时间仍在看风光，或许彼此希望的只是这么靠近一些走走。

鹳山正气

富春江边的鹳山，因山势形同俯首江中喝水的鹳鸟而得名。郁达夫先生的故居离此不过 500 米，小时候，他与大哥郁曼陀常到这里来游玩，那座松筠别墅，则是大哥事业有成之后盖给母亲住的，面江而立，颇有韵味。据说，老人家曾长期靠白天在街边摆个小摊，晚上再做手艺活儿挣钱供儿子们读书，辛苦自不待言。日本人于抗战时期占领别墅，且强令郁母替他们做饭打杂。郁母不从，绝食至死。

当导游小姐讲到这些往事时，我鼻子酸酸的，心里充满了崇敬与激动。中国历史的这种细枝末节往往由妇女来书写，她们深明大义，经常做得比男人更出色，义无反顾，一旦认定目标就毫不犹疑，甚至不惜牺牲。现代史上并无郁母的名字，但就精神气质而言，她绝不比自己儿子逊色。

鹳山小巧而葱郁，略有古意。我们登临时已是黄昏，走到建于清同治年间的"春江第一楼"前，一轮夕阳正逼近江面，沉静而辉煌。那时因为还不知道十多分钟后就会看见松筠别墅并由此听说郁母的故事，心里别无杂念。如果这个程序倒过来，恐怕便有另一种联想与情怀了。

后来下山时，在不惹人注意的角上看见一座坟，走近细瞧，是几个烈士的合葬墓，并无文字说明具体的生平事迹，乃默默地略站了一会儿，这才下山。

一部文明史，几乎充满了不文明行为，从兽到人的进化是一个漫长的过程，甚至看不到它的尽头，即以20世纪的人类来说，既创造了最多的物质文明，也以前所未有的最大规模彼此残杀。即使富春江边小小的鹳山，亦不能幸免。

郁达夫后来死在南洋，也是被日本人杀掉的。而一个民族的正气与力量则在这么一种抗争中焕发出夺目的光辉。

清官孙濡

　　龙门古镇确如一个战阵，是可以浸迷其间长久摆弄的。孙氏家谱一直延续到远古，而眼前的建筑往往历时已三四百年，我们跟着当地一位老先生迂回于幽径曲巷中，寻找一种别处已经消失的美，只见几近颓圮的老屋中仍住着人，如果仅仅由外观之，仿佛仍在明清旧朝，当然内里的生活是大不一样了，但它的快乐与忧伤都不能不与历史有关。正是秋天，略有一点萧瑟的气氛，而阳光和暖。

　　近年来，类似的古建筑群我去看过多处，只是为了体会一种

韵味，明白自己祖宗曾经生活在如何一种气息与文化中，虽然时光不再，而我们今天的所作所为，仍无意间秉承着他们的余绪。

就这样看到了和孙濡有关的两块匾额，继而知道了这位孙家先人的故事。他是明嘉靖年间的选贡，任河南长葛知县，所辖之地土质不好，风沙又大，当政时更逢旱灾，民不聊生。为了救民于水火，这位县官乃回自己家乡，倾其所有购荞麦籽运到长葛去播种。据说他在祭天求雨时，长跪不起，又说了"宁可绝我子孙，不可绝我子民"这样动人心魄的话，终于感动上苍，普降甘霖。当地人因此称荞麦为"孙公麦"。

就是这样一位清官，却因为交不出宦官索银而不得不愤然辞职。

归家路上，孙濡在途经太湖时遇到一帮大盗劫掠，本以为知县返乡，必有所得，谁知竟一无所获。这帮自称"太湖义士"的强盗大为感动，反过来提出送他金银。孙濡坚拒，最后只接受了一船太湖石。今天我们仍能在孙氏宗祠中看到当年留下来的石头。这个故事让我感怀良久，一是对历来朝廷的腐败，二是对民间寇盗的义气，三是从孙濡身上看到人间自有正道。古往今来，天地轮回，多少义与不义的豪富，积聚一生乃至几世的家产能延续多久呢？孙濡的精神是更加长久的遗存。

因为心中有了这位清官的印象，对从前显赫的龙门镇也就多了一些亲和。孙氏祖宗中远有比他更有名的人物，但让我最敬服与感动的，唯此。

孙濡有手迹传世，是两个字：端履。用现在的话来说，即走路与做事要清白与端正，可作廉政警语。

心有旁骛地跟着老先生周游，对建筑的兴趣与注意未免稍淡，俗话称东拉西扯说闲话为"摆龙门阵"，显然我也迷失其中了。我们称作正道的事物，在历史中常常需要坚持和努力，这也是好人难做之处。

但天地正气从长远来看却是消弭不了的，如那块太湖大盗的匾额所题：青史长存。

乡村家园

　　中国的事情常常"超前"，譬如现代社会尚未进入，后现代思潮已纷至沓来；又整个社会还处于小康水平，但法国名酒"人头马"的销量已居世界第一。这样的不平衡，此次去桐庐名为"红灯笼乡村家园"的度假村时，又一次深切地感受到了。这个度假村的设计与构想应当说相当成功，在一片稻田里用支架腾空搭起幢幢小木屋，彼此以桥相连，尽显古朴的风貌，餐饮也供应一些乡村习见的菜蔬乃至野菜与螺蛳之类。对于都市中待久了的城里人，不失为新鲜。但中国不是现在仍是一个农业国吗？就在三十年前，我们几乎一切生活方式都是农村的或近于农村的，即使城市里，也没有现代意义上的消费与享乐。什么时候开始，模仿乡村情调也可以挣钱了？

　　家园前的空地上置了水车一类农村常见的设施，现在成了游戏的器具，踩几分钟，索价多少；东西还是那个东西，意味大变。真的抗旱踩水车是一种很辛苦的劳动，太阳顶在头上，而脚一刻不得闲。那水车上面写着"人民公社好"几个大字，用意是营造一种历史的氛围与情调，看到几十年前还兴盛的人民公社以这种方式把它的影子留在供人玩乐处，不禁感慨万千，倘若老人家地下有知，会有什么想法？

　　离家园不远处，新修了一处庙宇叫灵鸡寺，早晨与同行者一起去观光并看他们烧香，闲着无事不经意间读到一副对联："做个好人心正身安魂梦稳，行此善事天知地鉴鬼神钦"，说不上有多好，但总是以天地报应教人向善吧。

　　终究并非自己的家园，所以只待了两天就待不住了，提前赶回城里，而在楼房与街道之间，想想这四处高挂的大红灯笼，还是有些可爱的。

千岛湖纪行

　　眼前风光是极宜人的，水天一色，而远远近近的岛屿使景色很有层次，尤其是湖水清澈幽深，因而显出近于黑色，有一种我从未经历过的美丽。当初建造大坝的时候是从蓄水发电考虑的，并未料到多少年后会有旅游热出现。为了腾出库址，将近两个县的人口大迁移，对世代居住于斯的百姓来说，牺牲不可谓不大，但华东电力供应因此得到缓解，而第一座自己设计施工的大型电站建造成功显然增强了中国人的自信心，这就不是眼前的物质利益能够衡量的了。从长远来看对生态链会产生什么影响？我没有深究过，恐怕也不是一个简单的问题。历史的长链就这样一环紧扣一环，是非功过并不易评定。

　　其实水天一色，看久

　　了会觉得单调，千岛湖的好处便在有散落远近的岛屿。游船在水面漂荡一阵，就可以寻其中一个靠上去，即使只有平常的风光，也变换了节奏。况且在绿树环绕中，视线被遮挡，俟重见天光水色，便又生新鲜感。所以在这里是可以竟日留恋的。

　　千岛湖面积相当于九十多个杭州西湖，水深处超过百米，容量可观。因为水底有大量腐殖质，所以鱼儿长得特大。我见捕上来的花鲢，就足有十多斤重，而这只是"小巫"，据说大坝泄洪时能捉到几百斤重的，需两人以棍子抬回来，只是并不太好吃，因为脂肪多，且多少有些异味，但干炸做熏鱼味道尚可。前些年放过一次水，鱼便宜到只要五分钱一斤，等于白捡了。丰盛到这个程度，便要腻味，所以我猜想当地人在鱼和熊掌之间绝不会有当年圣人不能兼得的苦恼。

　　我在湖边的饭店吃到久违的鳜鱼，大得饕餮之乐，说就是水库里产的，肉质结实而鲜美，再佐以当地的五加皮，更别有一种奇香，至今难忘。

江南悬空寺

大慈岩既领江南之灵秀，又有几分北方山水的雄伟，这是颇为难得的。700多年前，在此筑悬空寺的僧人与匠人，恐怕是北人，或至少深受北方文化习染吧？那是一个北方少数民族统辖了中国的年代。按当地家谱中的说法，建寺的时间还要早些，约在唐代，似乎至今不能确凿。二三百年，对一个家族来说，能历十代，但在历史的长河里，就显得短暂了。

山下停着几顶轿子，是恭候同行者中年迈的老先生的，但没人肯坐。别说山并不高，即使如何峻险，倚仗别人的脚力去攀登总有一种说不出的滋味，这是受关怀的老先生不忍为亦不屑为的，宁可自己慢慢走。据说已在规划修建索道了，也许下次来，便可无须费力地上山，这自然省劲，却少去一些趣味，况且索道架在那里，难免破坏天然的景致，倒不是仗着自己年轻，我是宁可其无的。其实登山之乐，就在艰难中，因此我们寻了一条小路攀缘，走到无路处，只有岩石上凿出的若干凹坑，踩着往上，等越过了，自有无上快意。

悬空寺建于临近山顶的峭壁，这不同于恒山那座更出色的建筑。后者我于70年代末去过，乃北魏修筑的危楼，踩上去颤巍巍的，有心惊肉跳之感，但临空不过十余米，在悬崖的下部。

大慈岩的悬空寺已修整过了，石块水泥代替原来的木柱，因此对游人来说全无危险，但也多少失去了一点古韵。山头有尊高达五六米的大佛，是双面的，为别处未见，问导游，这在佛经中有什么出处，说只是为了投合俗众的口味，并无来由。这也算是创造吧，既然有大慈大悲的襟怀，我想菩萨大约不会见怪的。但这里确实出过一件奇事，是几年前管理处在悬空寺边一个原来置放佛像的山洞里摆了几十座历代帝王的塑像，就在开放迎客当天，一场突如其来的泥石流竟冲毁了管理处的房子，两人受伤。也许这只是一种巧合，但因此那些帝王塑像被搬走了，现在陈列着的栩栩如生的十八罗汉，是天津泥人张的作品，个个怒目圆睁，似要扫尽人间不平事。人间弄得不好，恐怕多少得归于帝王吧？因此菩萨不能容那些塑像，是有道理的。胸怀大慈，乃不得不有所不慈。

大慈岩的妙处，还有几乎随便一瞥，就能从山崖的曲线中看出佛的造像来，不但形像，还神似，这就像有天意含蕴其间了。我时常在上山乃至下山的过程中独自细察，每有发现，起先高兴得大叫，渐渐便只是默然于心，也算"神会"吧。

浙西大峡谷

　　在人类降临到这个世界许久以前,地球上山水之间的冲突与斗争以及彼此的容纳和相安早就开始了。我不知道浙西大峡谷形成有多少年了,山是黄山余脉,水乃钱塘江源流之一。究竟是绵延的山脉孕育了波涛,抑或是波涛截断了峰岭? 很难做出明确的推断。两种蛮力在此交会的结果使我们看到了一片雄伟的风景。

　　汽车沿着峡谷一侧的公路行驶,一边是崖壁,另一边江水在略低些的地方涌流,有时沉下去了,只看见两边都是山,过一阵波涛才又远远地呈现出来。它或低或高地穿行,两边壁立的峰岭如削,仿佛被一把巨大的刀锋劈成两半,这个过程中,巨石崩裂,就散落在江水中,至今随处可见,形成一种壮阔的景象。

　　在大峡谷已开发的景点中,我最喜欢八仙潭就因为这个原因,让人能够想象天地初开时的混沌与激烈,心情为之奋发和昂扬。现在争战潜入地下去了,在我们踩着的任何一块地壳下面,哪里不是翻腾着石头的波涛? 这样想过,眼前奔涌的江水几乎可以称作柔媚了。

　　江南风景通常并不以势取胜,很少大跌宕大气魄的,这里似除外,应是借了黄山余势的缘故。背景对一个人的影响和意义,往往与之相同,乃感受到依靠和造势的重要。

　　比较之下，柘林瀑清幽小巧得多，上下折成两段，分别叫作龙门瀑与炎生瀑，顺石阶而上，可以一直走到瀑布汇成的潭边，正好渴了，我乃掬起一捧清波饮下，甘甜可口，远胜于精致包装的纯净水。这景致不大，放在大峡谷中，恰若一盘盆景，是奔波后的小憩处，有一种宜人的温馨。

　　这么好的去处，怎么从前就不为人知，况且便在杭州到黄山的公路边上？细细掐算一下，中国人有余兴和余钱旅游，实在只是近年的事儿。好风景在过去对于当地人不但没有实际意义，反而还是一种负担，因为山水一险峻，就近于穷恶。只是在旅游成为一种产业之后，才可能变作一种财富。

　　这大峡谷周边的居民，一眼看去仍不富裕；而大峡谷是一笔多么宝贵的自然财富啊！

西天目短札

　　游名山如读好书，须沉潜把玩，流连忘返始能见出无限韵味。太匆忙了便未免煞风景。这次登西天目，实在着急了一些。

　　汽车把我们送到山脚下已是十点，说下午三点就要返回。这些时间，用来攀登千余米的峰岭，很像是赶路了。低头急急地走，既无暇旁顾，也就见不出多少好处来。

　　天目山也有寺庙，却并非以寺庙名，它引人入胜处在于树，

有许多数百年乃至上千年的银杏、柳杉。最著名的当然数那株大树王了，需四人合抱才能围住，颇具气势，但已生机全无，唯树尖还有些许嫩叶。以为它是老了，后来才知道，旧时当地人迷信树王的皮能治病，众相剥削，再粗的躯干又何能经得住长久的蚕食？终于光裸着身子，怕难以苟延了。其实世人对一切伟大的事物，敬仰之下，常存劫掠之念，即使只是皮相，也想弄来营养自己，最后摧折了它。又听说，这已不是原先的大树王，而是继任者了。一代又一代，被挑选出来崇拜，然后损毁，伟大常常得充当牺牲。

其他也还有一些有名的树，因看得匆忙，甚至顾不上略略绕道去一览，交臂而过，所以没有留下多少印象。

有一处，深凹的山崖，说是张天师在此练过功。同行中懂气功者，便去那里闭目合掌，吸纳真气。我不懂气功，不知道“真气”与我们平常吸入的凡俗之气，在滋味上是否有些不同。

最后并未能登上山巅，到老殿，看一看腕上流动的时光，稍吃口饭，就得返回了。老殿只是一座平常的建筑，并无森然肃穆之气，饭茶也只有土豆丝、炒鸡蛋一类，这未免令妄图尝一尝野味的人失望。但却见出作为自然保护区的西天目，对自然是保护得好的。友人去年冬天来，还远远看见了云豹，惊喜之余，又有些紧张。我去浙江其他一些有点名气的山，类似的饭铺通常都有多种野味应市，菜谱上能列出很长的一串。

天目山的名字真有气势，不像凡俗之辈起的。仿佛凌空俯视之后的神来之意，那种襟怀，真是想一想都令人惊叹。

这也确是一种伟大。

东天目游思

都说东天目最好看的是云海和瀑布。云海无缘得见，因为眼下是秋高气爽的日子，瀑布也不大，但自上而下时隐时现，绵延不绝，仍是很好看的。

那点水量，如果流淌在平原，恐怕只是条不大的河，然而倒挂在山上，气势就不一样了。这很像过日子的差别，和平岁月平缓恬淡，身处其间幸福得甚至觉察不出幸福，而革命年代奔涌激荡，让人无法不昂奋，事后想想，值得骄傲和可以愧悔处都不少。

让日子如瀑布一样直立起来，是许多人年轻时的梦想。谁能料到，老了会宁愿住在一条波澜不兴的小溪边，唯有回忆在流淌呢？

觉得无趣，便到东天目这样的处所来走走吧。

秋天，这里有满山的好颜色。

枫叶红了，银杏叶黄得灿烂，松树仍苍绿着，陈年的竹叶已有些变色，而今春长出的新叶依然青青，加上其他各种各样的树叶和无数知其名与不知其名的野花，大自然的繁盛与丰富真是令人惊叹。

所有这些植物共处一山，彼此照应，相互映衬，组成和谐完整的世界。

与动物的生存之道相比，植物是更安静的，也更少进攻性。如果拿人类文明的状态来与之对比，那么显然农耕文明有更多的植物性，此前的游牧文明和此后的工业文明都有更多的动物性。东天目上的昭明禅寺是十分安静的，许多地方都写着两个字：止语。请你像植物一样沉默地反省与悟道。真正的思想恐怕只能在宁静中进行，当年佛祖得道就是面壁十年才实现的。而今天世道喧嚣，山下人们在做的，何止争名夺利！与时俱进是一种运动哲学，而融入世界也得遵循那个世界的规则。那么，又置佛道于何处？莫非只是一种调节心情的手段吗？

在植物的围拥下思想这一切，我觉得自己也成了一棵树。

忽然就记起明末抗清英雄张苍水，他兵败被捕后只求一死，在狱中不言不食，临刑也是秋天，面对旧都凤凰山一带，只吐出三个字："好山色！"故国情怀，溢于言表。

凤凰山我去过，山色哪能与东天目比呢？

然而面对眼前的满目灿烂，却不敢贸然说出被张先生赋予了神圣意义的那三个字。

普照讲寺

　　下车的时候，我还对同行者说，怎么来看一座新庙呢？庙总是老的好吧！心里面觉得只有老庙才能读出更深的文化积淀。

　　这座建在中天目的"普照讲寺"是一个天台宗的佛学研究机构，规模很大，尚未完工与开光，但研究生已经在攻读了。

　　站在大殿里看一张功德榜，上面标记着寺院建造捐助者的名

单，多数姓释，一看就知道是佛道中人，同行者便在一边自言自语：和尚哪里来这么多钱？这时一个面目清朗的师父走过来，顺口应道，和尚并不排斥挣钱，只是把挣来的钱用到做善事上而已。

后来才知道，他叫观达师父，是讲寺的总管，说自己领了师父的命，来这里建庙，原先计划三年内初成，现在不能不延期了，因为一些建筑的质量不好，得返工。工程是承包给姓张的熟人的，这个熟人又转包给自己的儿子与另外两个人，这三个承建者偷工减料，以致出现各种各样的问题。观达师父说，天下事，都是有因果的。现在庙尚未修成，这三个人已经只剩下一个半，那位张姓的儿子得病暴死，另一个从崖上失足，摔成了傻子；剩下那个来庙里时，我对他说，三人之中，现在你最富有了。他颇为不解，讲这几年，合伙者赖了他不少钱，怎么还能说他富有呢？师父乃对他说及另外两人的下场，讲唯你仍然安在，这不是最大的财富吗？那人忙给菩萨磕头还愿，一直磕到额前起了一个青紫的大包。

以佛家的说法，这恐怕是现世报；而多数报应并不会马上就显现出来。

观达师父讲，所以我们待人要有平等之心与平常之心。他又说了些什么叫缘等在佛家看来很平常的话，我听了却觉得有一种巨大的震动。

第二天，在参观另外一个庙时，很认真地挑了两本佛学著作，又取了十多本免费的宣传资料，一大摞抱在怀里，乃至同行者打趣地称我为赵居士。我想，一种宗教，只要劝人行善，又不偏执，总是好的；佛教中实在有许多伟大的思想，这是我原先就感觉到的，但似乎从未如此直接地面对，也没有认真研读过。这下，会更加认真地去读些佛家之言吧。

也许，这便是缘。

逐浪青山湖

青山湖何浪可言？况且今天只有微风。但我们乘坐的汽艇的确在身后留下了翻涌的波涛，司机不仅开足了马力，还左右摇晃艇身，带来一种有惊无险的刺激。这是旅游予人快乐的全部秘诀，它冲破了日常生活的平淡，而又绝无大恙。如果超出这个，就属于探险了，只有很少人才有勇气去尝试。

我不时把手伸到水里去，激起的波浪因此把不只是自己的衣服都弄湿了，但并无抱怨者，因为大家都来玩的。最有趣的是钻入一片被波浪淹没的树林，汽艇在树梢间回旋，别有一种风致。

青山湖并不算很大的水库，当初建造时恐怕绝想不到它将来可用于发展旅游，最早的圣鹤山庄不过出现在十几年前，我初次来的时候，这里尚无其他建筑，而现在绕湖兴建的宾馆已经几十处，湖面也发展了快艇等多种活动项目，加上

一条高速公路就从它边上经过，所有这些因素加起来，旅游前景十分可观。但至今来这里观光的散客很少，多是单位来开会甚至"读书"的，读的当然不是闲书，而是有关政策或理论，那么于湖光山色之间，或可领会更深一些？

　　静静地看青山看绿水，有一种野趣与朴实的美；而逐浪青山湖更让人觉得痛快。

　　我来这里是出席一家报纸的笔会，宗旨似在讨论如何更有效地追逐时代之潮，自己也说了一些看法，大意是不管坐着哪一条船，都不妨把手臂伸到水里去，这与毛泽东的"到中流击水，浪遏飞舟"当然不是一个意思，但似乎亦只有以此种方式来展示自己的价值。而讲到底，什么不是雪泥鸿爪呢？

空落湖山

因为刚刚下过雨，也因为可能还要下雨，又因为北风南来带着一派肃杀，中午从宝石山到葛岭的小路上竟然没有一个人，甚至没有平常远远就能听见的鸟鸣，仿佛这片风景只为你而存在。尽管独享未必是最好的欣赏方式，我仍然感到太奢侈了。

寂静让人能听到溪水就在身边的山石下流淌，古话说空谷足音，丰富的世界存在于没有人的地方，也只在没有人的地方，你才能独自面对空阔的世界。

我没有理由地走得很急，与每天的散步一样，只此一点便说明自己并非山野之人，但道士算不算山野之人呢？他们无疑就住在这山里，但我今天看见的道士在往山上抬两个做生意的货柜，似乎并无仙气。我一路走一路看这几个道士，也许因为眼光中流露出来的惊异，他们也看向我。其实这并没有什么值得诧异处，道士也得谋食。然而在这样一个中午，我希望自己看到的是完全脱俗的道士。

下得山来，连西湖边上也没有多少游人。如今游湖最好的日子恐怕便是这样有些肃杀的天气了，对自然并无真爱之辈不再前来，那一片湖光山色因此含着格外的亲切。

宝石山和北山路

  西湖西侧的宝石山,一端是保俶塔,另一端是葛岭,从初阳台翻过去,又有紫云洞等景点,虽然山不大,却有许多可玩处。差不多每天吃过午饭,我就上山逛一圈,从不同的角度读西湖,是一大快活事。通常的路线是从背后上山,再由前边下来,顺着湖边,回闹市。偶尔也反着走,就觉着有异样的风景。今天与一个朋友一起逛,到了抱朴道观,他说可以由后面的一条小路再上山脊。于是就这样走了,几年来从未走过这条道,感觉新鲜,走到一处较少遮拦的山坡,往下看,西湖尽收眼底,觉得颇有气

势。朋友说，他常一个人来这里的石头上坐一会儿。

宝石山虽不能说是天下最小之山，实在也称不上大。居然几年逛下来仍有新鲜处可觅，似乎不可思议。这原因，一是人易循常规，走熟了的路，天天顺着踩，也就懒得换路线；寻常事物中换一种角度与方法往往就能创出新花样，道理便在于此，譬如青菜通常炒着吃，试着煮一煮，就能弄出新味道。二是别看宝石山小，明的大路、暗的土路也有几十条吧，各种组合，加起来是一个大数目，欲穷尽并不容易。再小的东西，也有无数内涵，如果盯着它，会发现丰富无比。事实上，地上的一只蚂蚁，甚至窗外一抹白云，都会带来无穷的乐趣，乃至可以寄托生命。

西湖成为天下胜景，其实本身就因为这个道理。而更壮观的山水往往反而凡人消受不起。喜马拉雅，没有两下子，你敢爬吗？只好望着银幕兴叹。我等俗子，也就只有赏玩西湖的本事。

傍着宝石山的北山路，尽管修整过了，可那些近百年来的建筑，因为风格不一，彼此之间又缺乏照应，看上去仍然不那么舒服。

有种说法，整修的目的是要把这里搞成 20 世纪的建筑博物馆，尽管想法不错，但如何可能？

分布在北山路前后的旧建筑，虽然确是在 20 世纪初陆陆续续造起来的，但质量一般，风格也有限，至多在杭州这个范围里，可以算近代建筑比较集中的地方。如斯而已，岂有他哉！

从审美的角度而言，哪如一律白墙黑瓦，取古代的样式，才与山水更和谐。

西湖是柔美的，尤其是靠着北山路、相对狭窄的里湖，多数时候又风平浪静，动也不动地映出黑与白的影子，那才叫典

雅呢！

在我看来，修理西湖周边环境，如果能还原从前的风景，让人一看就是唐宋韵味，才算真正的成功。

像雅典卫城，就与千年前没什么两样。我不知道有多少是依靠保护，还有多少费了修旧如旧的艰苦努力。

我们可以说这样的做法丰富了传统，也可以说它破坏了传统。

唉，我多想看见那些从前的房舍，一如山水画里反复出现过的，古朴、单纯到神奇。在那样的屋檐下，人会有最单纯的幸福。

石头铺的路当然比柏油浇的更有古趣，木头盖的亭子也多少透出一点古风。如果有人能用今天的钢筋混凝土也弄出一点真正的古意来，那才是高手呢！

但我还是更喜欢走土路，野草中随便踩出来的，也不知道会窜到哪里去，没有目标也不计时间地朝前走，山忽高忽低，湖若隐若现，猛然间再遭逢一个漂亮的姑娘，看一眼你，眉眼间有读不懂的情愫，却只能怅然离去。

那么，这就是苏东坡的西湖了，也是白居易的西湖。

真想在那时的北山路走一趟，而那时恐怕还没有北山路吧。

从前与现在的断桥

偶然从报端看到一张西湖断桥在 21 世纪初的老照片，桥面上野草蔓延，颇具苍凉感，桥的中央则还竖立着古老的城门，让人感觉寂寞。从前是把西湖关在城外的，游客必须在夜晚赶回来，迟些就进不了城，只有元宵之类的节日时才例外。也只有看过这张照片，才能理解为什么称林和靖是梅妻鹤子的居士，如是今天的格局，他独自踞了西湖，简单就有帝王之势了。

古代的城市都围在四堵墙壁中间，是出于安全考虑；在人类历史上，纷争与战乱的日子往往多过和平年月，影响所及，即使和平年月，人们也不能不存着警戒心理，于是喜欢把自己关在至少看来比较安全的地方。现在，城墙已经纷纷倒了，而这种警戒心理则并没有完全消除，所以又出现了所谓"铁笼子"，把自己更严密地关在房子里，日常的活动空间就更小了。"国家"一词表明从前这两者之间的关系实在是很密切，现在"国"变得更加辽阔，"家"虽然也不像从前那么稳定了，人们却更加在意与经心。如果不是竭力控制着，恐怕西湖这样美丽的处所，早就被私家的楼房占满了。

21 世纪初的时候，西湖居然还这样荒凉，似乎有些想不到，其实旅游热的兴起不过是这二十来年的事儿，此前人们谋食不

易，哪有余力与闲暇来玩的？

今天，断桥是西湖边上最热闹的景点之一，尤其是早晨，一大帮中老年人围在那里锻炼身体，打拳与跳迪斯科，全无寂寞荒凉之感了。

一句石刻

　　宝石山的入口处，崖壁上有不知什么年代何人刻着的一句话："在天有荣耀归帝，在地有和平喜悦归人。"读来觉得很有韵味，也颇合于这处山水。宝石山不高，自然与险峻无缘，但山石孤立而指向青天，却是有些气势的，而它下面是一片柔和的湖，两相辉映，便有些味道。这是俗人把玩处，若是英雄，则非喜马拉雅不能表现自己的气势，至少也需登攀华山天险来表达壮志豪情。

　　杭州的好处就是宜于俗人，俗人的快乐是和平日子里的喜悦，他们不奢望荣耀，而更加切近地面上的春草绿树。虽然朝宝石山上面看去，也能见到蓝天白云，但那是相距遥远的物事，而只需沿台阶走几百步就能踏在江南的大地上。世俗的快乐通常就在宝石山这样的处所，须稍稍仰望，又轻松即可。

　　古话说，达人知命。刻这崖壁者显然是通达之士，有陶潜之风，能真切地感受平凡生活的真味，尤其是世道不济时，这话能给人多少慰藉啊！站在西湖的白堤，看宝石山上游客如蚁如豆，想起自己差不多每天也就这样作了别人眼里的风景。其实好风景，有不少是很平凡的。

鸟　儿

　　今天有雾。站在断桥上，看三三两两的水鸟贴着湖面飞翔，颇有情致。若是现实主义者会把这行为归结为觅食，浪漫一些，则也能看作舞蹈。我从中感觉到的却是一种哲学意味，当它们划过水面时，仿佛在寻找微波之下的倒影——那另外的自己，世上还有什么行为更能让一个生灵如此沉潜呢？

　　掠过湖面的水鸟带着它的倒影一起翩飞，让人觉得平衡的

美，我就这样看了很久，然后走到不远处的广场上。那里活动着另一种鸟，即人工喂养的鸽子，也许正因为是人工喂养的，并不怕人，就一边在你脚边踱来踱去，一边用那双小眼睛看你，不知道仅仅是在防范，还是另有什么想法。鸽子很胖，恐怕已经无法长距离远行了，但在广场上踱步，姿态雍容，还是很优雅的。

现在城里最多的是人，也有若干动物，譬如老鼠，但平时只能感觉它们的存在，并看不见它们；还有另一些活物，我们是拿来吃的，不大想到那也是生灵，像家禽就是。自由自在生存着的动物已经很少见了。

雾中的西湖像是水墨濡染过的，很淡雅，很清净。这样走一走，连灵魂也清爽了。我没有像平时那样去登山，只是仰头看了一眼虚无缥缈的宝石山与它上面站立着的塔，模模糊糊的一片，只有水鸟在湖面的剪影是清晰的。

孤山独语

孤山实在没有什么好游的，尤其此刻是冬初，梅花尚未开，如果不是坐落在西湖的白堤上，它甚至算不得山，只是高十多米的土堆罢了。其实，就是那些将西湖点缀得很诱人的北高峰南高峰，海拔也没有超过 300 米。

山不在高，所占地势使其名与不名，我想起自己居住过多年的呼和浩特北面之大青山，那里随便一座峰岭，若能移至此地，当即刻成为名山，气势令吴越倾倒，但在那里却很平常，平常得连名字也没有。

这样想过便有些替它们惋惜。但又一转念，清风朗月、高天远地，落寞是落寞一些，自在却极自在，永不必受什么易拉罐之类的侵扰，若作哲人，实在是须僻居在那里的。

孤山却无宁日。春天自不必说，即使严冬，因有名梅，纷至沓来者不绝。我自己，便在雪后，去踏破过它短暂的沉静。污黑的脚印，留在洁白的石阶上，还多少有点自命风雅。

为孤山计，它是否宁愿偏居一隅呢，"梅妻鹤子"的闲适，如今是须去更加清贫的地方寻了。

170

掌中世界

白堤上的西泠印社，恰若掌中世界，纤巧是纤巧一点，却丰富和完美：山、谷、泉、潭、亭、台、楼、阁俱有，加上凿壁为洞，砌石作室，垒砖竖塔，真是聚万千气象于方寸，这正如大师们的印章，以寥寥数刀，穷尽天下。

深冬，又是雨后。我仅在此一地便流连半日。看碑、赏印、观景，自然还要望湖，登四照阁而纵览，远近山水无遗。

遥想20世纪初，风雨飘摇之中，几个文人于此辟一逍遥之处。他们都不是改天换地的革命家，所能做的，只是于方寸之间构筑自己的桃源，究其实，一切艺术不都是避世的梦？至于梦醒是另外的事情，也许比无梦更残酷。

但在这样的氛围之中，捉刀、挥毫、饮茶、下棋，确像马蒂斯说的，为人生提供了一张安乐椅。精美的艺术总是闲逸之产物，也只有供闲逸之辈玩赏，像旅行社组织的大都市匆匆来客，至多只能过一过眼，这与不看也所差无几。闲来把玩养成了民族性中精致优雅的成分，眼下西湖，除了得天地之厚，何处不是这种文化点缀出来的？

山上小龙泓洞中藏有日本人所赠吴昌硕铜像，额题曰："金仙阅世"。弄艺术欲成大师，实在是需一点仙气的，那就是对凡俗之世只"阅"不入，虽然最终书画也好、印章也好，都是要留给这凡俗之世的。

雾中随想

浓雾一天不散，走在北山路上，白堤以南的一切，都被淹没了，只剩下茫茫一片，看不见高楼，也无现代都市的依稀影子。

虽然呼吸略觉不舒服，心里却有一种宁静感，心想，清代的西湖、宋代的西湖，就是这个样子吧？眼前一切，宛如一幅水墨画。

几只鸟儿，站在木桩上打盹儿，丝毫没被路上的汽车惊扰，仿佛忘记了时间与空间。一道夏天用来拦荷花的网儿立着，就像一道隔离带，把我们与现实分开。

这样的日子，很容易有非分之想。

上午刚好在看篇稿子，一个爱动物的同事，受并不认识的网上猫友委托，替出门旅游的陌不相识者照看两只猫咪。那位主人如此坦然地把家里钥匙交给她，让她感觉到一种被信任的幸福。

这么一种幸福在当下环境中显得如此不真实。就如今天的西湖景色一样。

但在每个人心底深处，恐怕都藏着那么一种愿望，即回到单纯的童年：这可以是自己的童年，也可以是人类的童年。

童真是一种多么美好的品质啊！难道它只能是发展与进步的牺牲品？

一切理想主义者可能都有过这样的疑问，而所有乌托邦，无不闪烁着童真的光彩。可惜的是，一个成人世界，很难再回到自己的从前去。

但我们还是能够在这个世界的某处，甚至很大范围里看到类似的闪光，这也是一切理想主义的源泉与动力吧？

浓雾遮蔽的城市，其实什么也没有改变，被欺骗的只是我们自己的眼睛；而历史与现实中的乌托邦往往也显出其脆弱性。

但我仍然愿意在这样的日子上街，看干干净净的西湖，并心骛八方。

关于雪的断语

　　窗外纷纷扬扬下着雪，天气阴沉，大有一直下下去的意思，这在江南是很少见的。

　　我望着渐渐变成白色，却仍掩不住轮廓线条的楼房屋顶，与仍往下飘落的雪花，心里似乎什么也没有想，又若有所思的样子。

　　这样的雪，北方每年都有，而且一旦落下来，就不会很快消失，要在地上积攒许久。耽于塞上的日子，我就这样每天在雪与它结成的冰上骑着自行车上班去，也不是不怕摔，而是舍此没有别的交通工具可用。

　　但几乎从不摔跤，偶尔看见有跌倒的人，也总是匆匆爬起来，一般并无大碍。这是因为雪如同铺了一条地毯，还是人们都存了小心的缘故？

　　雪是理想主义者，仿佛要把世界变成一个白色的乌托邦。当它覆盖了世界，远近高低都成为一种模样。我喜欢看雪中的风景，天与地没有分界线，山冈变成隐约的轮廓。

　　那样的天下更像大同世界，分不出贫富，也不容易见出高低。

　　当这个世界被过多的欲望充满了，其实有很多人想做减法，如果不能去掉，那么就覆盖了它吧。雪是老天在为一幅大画留白呢。

留白是留下余地，留白也是表明一种态度。

留白是艺术的大境界，留白也是人生的大艺术。

而人再怎么努力学习，又如何与老天相比？所以下雪时，我们在欣喜之余，难免会有一些出自眼前的小小忧虑。

我在江南，比在塞上怕摔，这样的日子，通常也就不骑车了。

也许因为年华渐渐老去，也许因为在江南下雪的日子有限。对付有限的困难，我们反而容易采取回避的方式；如果处处是危险，又随时有危险，还怕什么呢？

和平年代的人，也就天生脆弱。

那么，等雪停了，去湖滨看风景吧。著名的"断桥残雪"就在不远处，重要的是那个残字，无雪不行，雪过于丰厚了还不行。

这也是一种与留白有关的艺术。

春天与夏天的西湖未免浓艳与肥美，于是人们就盼难得一见的雪来装扮它。

但雪很快就只剩下若干残迹，在房顶上，在枝叶间，也在某些行人不至的角落。

风把地上的水也吹干了，于是世界一如往常。

而西湖边的断桥上仍有很多人，都是来赏残雪的，你挨着我，我挨着你，从远处看去，形成一种新的风景。

残雪最难存留，就像蜉蝣只有一天的生命，因为这是江南。

昨天半夜，我曾站在窗口看漫天飞舞的雪花，想象明天会有

　　一幅图画般的江山，然而到了早晨，却未免有些失望，雪的痕迹几乎看不见了。

　　很难不想到每个人都有的生命，虽然可以长达百年，相对宇宙而言，不也只是一瞬？

　　这就像雪，当我们准备恣意观赏的时候，它化了。

　　红楼梦说到人生境地，有句云，落了一片白茫茫大地真干净，其实这并不是最终结局，万物还得再生，灵魂也得继续投胎，用佛家的话来说，叫因果相承吧。

　　把世界设计成一种回环，乃大聪明，你得还上一世的债，就得兢兢业业做人。

　　尽管雪已只剩下残迹，中午还是上山去找那最后的遗存。在背阴处，它畏畏缩缩的，多乎者，不多也。

　　我因而想念北方的日子，在那里雪可以长久存在，而世界因了它洁白。

此刻天阴沉沉的，又像在焐雪。

怕冷，而又喜欢雪，人真是奇怪的动物。

喜欢雪，是喜欢生活有一点变化？

最喜欢雪的，还是孩子。那是一种发自内心深处的热爱，没有理由，更无功利考虑。想来人类在自己漫长的发展历史中，一定得到过雪的帮助，因此熔铸成情结乃至积淀为基因，刻入记忆深处。

凡无缘故的东西必有缘故。

想想佛是多么伟大啊，科学得等到发明所谓蝴蝶效应之后，才模模糊糊地在一地的现象背后看到远处的成因，这也只能推断，而佛早做出了断言。

看看现在人们的疯狂，当年佛也面对过类似的世相，而他采用的方法极为简单，即面壁十年，也就是无动于衷。

他创造与进入了自己的世界。

这个世界像不像雪后的世界？如此来说，人都有一点佛性的。

我说不出自己希望不希望再下雪，我已被俗世的利益牵系与污染得很厉害了。我考虑上下班是否方便，还考虑雪后的蔬菜肯定要贵一些。

突然想到，用雪来堆一个佛多好啊，两者之间实在有很多相通之处呢！

再一想又觉不妥，因为佛有一颗温暖的心，而雪人没有。

夜　城

　　都市的夜是不眠的，记得鲁迅先生就说过类似的意思。我们几乎看不见天上的星星，却有无数灯光在街头闪耀，有的指引夜归的道路，更多却是一些霓虹，闪烁其词地述说着某种商品或口号，意在激发人的欲望。

　　而都市的欲望在霓虹灯背面燃烧，你看不见它，却能闻到它的气味。在灯光昏暗的舞池与酒吧，在发屋与桑拿浴室，白天冠冕堂皇的脸换过另一副面孔，说的也是完全不同的话。

　　清亮的灯光却仍然有的，它们闪烁在另一些地方，那是学子的桌旁或思想家的床头。这里也有不眠的夜，却似乎与都市相去甚远。自古以来就有"悬梁刺股"与"红袖添香"的说法，早在千年之前就是这样了。

　　鲁迅先生喜欢看那些黑夜过后依然堂皇而庄严、就像什么也没有发生过的脸，他在那上面探究人性的底蕴。

　　这样的脸乍一看来并不容易分清。

　　如果说我也喜欢夜，那是因为它至少表面上的安静，车辆稀了，人声也少了，这样的时候，人能想得更远些，思绪更容易进入未有都市之前的年代与都市之外那广漠的空间。

岳　坟

岳坟很久以前去过，这次再去是由于恰好路过，手头又有一张公园年票，否则大概也就不进去了。

进去之后发现与过去没有多少两样，这里人们来看的是人文景观，自然风光委实一般。而作为人文景观的，一是岳坟，加上跪在坟前的四个佞臣铁像；二是有一个资料与图片展览。观者如织，可见对于历史，人的兴趣几乎是无穷的，而爱国主义差不多任何时候都能激励起大家的热情。那些实物，譬如武器，大约是仿制品吧？不消说岳飞没有用过，也不会是宋代的东西；但看的人都很认真，包括若干油

头粉面的大款模样者，很难想象他们平时会主动出现在类似的场所。但来这里肯定是十分自觉的，这能感觉出来，彼等指指点点，做出很有兴趣的样子，恐怕也就是很有兴趣。

我匆匆逛了一圈，未细看。因为估计与以前也不会有多少差异，虽然学术界有不少新说法，但这是教育大众的爱国主义基地，此等问题虽是替古人担忧，却非轻易能弄明白的，认真起见，倒不妨暂时退避三舍。

南宋实在是个奇怪的朝代，一方面奢靡腐败，另一方面也确实维持了相当的繁荣，功过不易评说。岳飞偏偏出在这样的年头，以史家的说法自然有其必然性，而我们后人对他的追悼，其中又蕴含着什么深意呢？

假设明天发生类似的战争，今日如涌如潮的参观者会有何种表现？他们中间会出现新的岳飞吗？

游湖杂记

　　恰遇寒潮，天南地北来了几个神交已久的文友，时光是极珍贵的，也就顾不得风紧，陪他们去游西湖。天上时而飘过沉沉的云，水面有几乎可称汹涌的波浪，杳无船影，连平日人群簇拥的岸边，也显得空落，颇像岁月被牵回了三四十年前，甚至令人想起汪静之、郁达夫在这里踟蹰的光景。

　　远从天山脚下飞来的李瑜，毕竟归附了北人，居然敞着衣襟，全无畏寒之意。南方诸兄则不免瑟索了，但兴致却未稍减。"欲把西湖比西子"，那么美人气恼乃至大怒，亦自有另一种娇媚的风情，况且因为游人寥落而可以由我等独领，心中或许还暗暗欣喜。

　　多是久已心仪却初次谋面，而真见了面似乎也没有多少话要倾诉，本来只是君子之交，文字往还已托出了彼此的心迹，絮絮叨叨的，倒显得琐屑了。朋友自有借酒肉苟延的，虽也不见得就鄙薄，终究少去这么一种雅人风致。大家边聊边顺着湖畔一路踱过去，渐渐走上白堤，见石碑上的文字介绍，始明白此堤与白居易的干系只是被老人家吟唱过，并非他初筑或修筑的，以文买名，似亦过于轻易，真正的创业者倒已湮没在岁月的尘埃中。

　　来自武汉的周兄，是细心之人，忽然喊起来，过去看，手里捉住一只很大的粉蝶，极仔细地把它捏着，颇有爱怜之意。想起一句老话：拈花惹蝶。见他很郑重的样子，没有说出来。不久在孤山脚下恰遇"百蝶展览"，进去巡览一遍，却未见周兄那个模样的，于是恭贺他得了"极品"，或只是"俗品"根本上不得大雅之堂。周兄似在这雅俗之间，仅仅珍惜那是自己的发现与捕获。

　　西湖的好处，是在波光潋滟之外，尚有远远近近的山色。《伊犁晚报》杨兄忽发奇想，说那无疑可作牧场，如目下这等"荒"着，岂不是浪费？若哈萨克族或维吾尔族南来定居，怕首先会做这样的设想与改造。其实类似改造，当初蒙古族踞了杭

州，一定做过的，终究没有坚持下去，大约因为这山即使别无所获，仅仅悦目，已胜于若干奶肉的生产吧？况且美色也是可餐的。当今这更成为一种胜业，比之有烟工业能获更为丰硕的收益。

在林逋墓侧与西泠印社滞留最久，古今文人之间，总有一气相通的吧？素朴也好，精致也好，都含着那么一种韵致，远离了金碧辉煌的恶俗。在目下的时代气息里，能常徜徉于此等境界，于心灵的安静与高贵，肯定是极有好处的。

但前边的风景在召唤，也就未能多留，又步上白堤，继而顺着苏堤，差不多从各个方向，把西湖顾盼个够。

此时风渐渐小了，远处林立的高楼显得十分触目。依着一片山水，便依着一种远古的传承，不知道诸位的感觉如何，我竟有点沉迷，一瞬间仿佛身处唐宋，只是举起手来，一辆红色的出租车在面前停下了。

荒岭野趣

　　杭州远近各处，我几乎都去过。当然多在定居之初，对一切均还感觉新鲜的时候，从南、北高峰以及诸山上顾盼西湖，浓妆淡抹，各有不同的风致。

　　当然，山有自己的况味。

　　略过众人争攀的名山不说，那些无名或曾经有名但已失名的荒山往往是更有野趣的。

　　凤凰山现在已少有光顾者了，虽然庙里的香火依然鼎盛，但仅限于朝圣者，游客的足迹罕至。当我终于找到那条进山的小路，踏着荒草渐行，至一草舍前，竟有恶狗蹿到面前狂吠，可见行人之稀落。近千年前，山中是南宋朝廷的御花园，当日的繁华已烟消云散。

　　残破如圆明园，还有若干旧迹可寻，这山中却几乎什么也未曾留下，楼台殿堂自不必说，石刻之类也少见，历史竟如此无情。

　　我在一处悬崖上闻枪声，低头觅去，见下面已辟为靶场。

　　寥寥落落，如果宋钦宗再世至此，会作何想？

　　从虎跑至龙井，旧杭州游览图上还有小路可达，我因此按图行去，不料在某座无名山下，路绝。问当地居民，说无路可走。我不想折回，便沿一若隐若现的小道上山，遇采茶的乡人，

他告诉我上山容易下山难，还是返身为妙。而我依旧固执己见，
终于在半山腰，小道消失于灌木丛中，这江南一带的荒山不同于
北方，无路是没法下脚的。我只有细细寻觅，还算失而复得，上
了并不算高却很不好登的那座山，远处西湖历历在目，但通途何
在？此时才知道方向之外，路径也是极重要的。最后当然还是下
山了，否则也不会在这里絮叨。像这样的攀登，能体味孤独地战
胜世界的骄傲，此中快活是无数西方探险者追寻的。

　　当然在杭州近旁，这样的行为只具有模拟性，并无真正的危
险，所以快活也有限。但比之徜徉于湖滨毕竟是另一种滋味。

　　像这样仅具游戏性质的历险处，若寻去，山野之间还有。
杭州到底做过偏都，雄大之气尚存留一些，不似姑苏，仅是后
花园。

雪中吃茶

　　江南多年不见的大雪，窗外正纷纷扬扬飘着时，朋友来电话叫我一起去公园喝茶，有些犹豫，情面难却，还是去了。公园叫墅园，茶室在露天的亭子里，想象中应当很冷，其实并不。眼前有一片湖水，不远处则树木葱茏，这葱茏被雪覆盖，又顽强地露出若干，扑朔迷离，甚有风致。

　　西湖雪景已经让明末的张岱写绝了，那种阔大的气象也因为现在随处都挤满了人而不可再得，即使这样的天气，墅园里也有

少数赏雪的，而几个朋友只是说些闲话而已，虽然待在一地，却许久不见了，在这样的冷天里，见面就已有一种热气在彼此胸中漫溢。

说些文事，也说些新事，像上网经验一类，说得久了，便有些冷，又猛然想起还有俗事要办，某兄先告辞，接着大家再聊一会儿，也就起身。这时雪已经压弯了茶室门口的几株树木，来路竟不可寻，一直走到公园的出口处，还在摸索。

世界表现出另外一种面目时总是有趣的。

从公园出来，路上雪已厚，所有的出租车都忙着，乃踏雪走回家，一路看街景，一路注意落脚处，手里撑着的伞全然挡不住那飞舞的精灵，过一阵儿就得拍拍身上的雪花。

夜色朦胧时才抵家，进门，那所有黏附在外衣上的雪花竟然顷刻间都化成了水，仿佛它们根本没有存在过。

闲说西湖

即使冬天，只要有太阳，西湖仍如春景。在白堤上觅一石椅，市声已淡去乃至不可闻，而面前的风光依然像那个唐代大诗人在此做官时一样。自然的变迁，所谓沧海桑田，要比人类社会缓慢得多。

我请4岁的孩子形容眼前的风景，他说："湖很大，山很小，船只有一点点了。"

山光水色，清丽而淡远。

一千多年前的白诗人，名"居易"，其时居杭州，大约还是容易的，尤其像他，高官自有厚禄，否则怕也写不出那些平易的诗来，一肚子郁结的愁思是只能出自李清照的。

西湖多雨，尽管缠绵，却并不凄苦，所以即使雨中，也不乏游客，而且另有一种韵致；湖上只是偶尔起大风，纵然风中亦是个湖，毕竟不会狂暴如海。

所以写西湖的诗，大抵也清丽淡远。

我记起自己初游此地时，少年气盛，欲一反传统，往这片山水中贯注了许多激愤之情，如今读来，那只是在写自己，而全无西湖的踪影。

西湖只是西湖，就像中国只是中国，可爱处自可爱，局促处亦局促。

从 20 世纪 80 年代起，杭州居不易了。原来很低的物价，被游客抬起来，西湖也前所未有地拥挤，宾馆大楼雨后春笋般崛起，弄得看起来也像一座现代化城市，而失去那种古典的清丽淡远了。

浓妆淡抹，皆无不可。但比基尼的西湖？那便是夏威夷了，我担心西湖的夏威夷化，倒并非因为不喜欢夏威夷，而是不喜欢不伦不类，反倒丢了本色。

有时候很羡慕郁达夫之辈，先我不过几十年，却还能沐于古风：湖滨三两游客，舟上老翁新酒，波光潋滟中可以散淡终日而无游艇冲撞。

如今只有一法，那就是凝视着西湖的时候切莫变化视角，在有限的几个方向，还可以只见山水，但千万别回过头来，只要调换一下角度，便会觉得与苏、白确已隔着多少世代了，而那一片思古之幽情，也就顷刻间荡然无存了。

野生动物园

　　称作野生动物园，其实还是圈养。只是相对空间更大一些而已。若干凶猛的动物仍得置于和游客隔绝处，供人远远观赏；至于和顺的动物，政策就宽松多了，随它们在自己的领地上游逛，不过也止于此。真正的野生，最大特点是彼此交错与交织，并且往往你死我活。这种景象在此地当然看不到，除诸种原因外，成本乃重要的考量。这些动物都是世界各地弄来的，所费不菲，如何可能让它们自己去折腾？

　　就大的哺乳动物而言，现在恐怕人类豢养的要多于自然野生的了，也就因此，物以稀为贵，才有类似的野生动物园，但杭州这座并不名实相副，只是叫"野生"罢了。叫叫也好，至少展露

出一种取向，即让动物有野生的自由。

其实何止动物渴望野生？人，至少其中尚未完全退化（或曰"进化"？）的一部分也是希求野生的，做不到完全野生，像这样的模拟也好。

喜欢圈养与被圈养都有其人，但借此说圈养才是更好的方式显然不妥。追求自由才是人与动物共同的天性。

出于商业利益与操作上的考虑，我们还做不到让动物真正地野生，但有野生动物园，还是比把它们关在更小的笼子里好吧。但对动物来说，是否如此呢？没有这个动物园，也可能它们仍在野外呢！

严子陵钓台

富春江边，有严子陵钓台，至于他是不是真在这里钓过鱼，谁知道呢？

从前，隐逸是一种美名。这个词的意思是指，能为而不为，若是一个渔翁，捕鱼乃生计，竟日劳作，不知世之有魏晋，没人会叫他隐士。

对世事绝望了，或者对自己绝望了，本来可以做宰相的，不做了，寻一僻静处，过凡人的日子，这才叫隐士。前提得有"士"的身份。

富春江流到严子陵钓台，风光很有些看头。但再好的风光，若沉溺其中，恐怕也难免淡寡，因为日复一日，便习惯了。这又何如做官入世内容丰富？

所以儒家讲，达则兼济天下，穷则独善其身。

独善，乃不得已的事儿。

不知从什么时候开始，有人在山上建了一片碑林，会聚许多艺术家与政治家的手迹，凿刻在石头上，成为一处风景，是不是还有传世的目的就不晓得了。

这合于严子陵的意思吗？

真正的隐士应当淡薄声誉，至于假的，沽名之外，往往尚有

严子陵钓台

以妙法逐利的潜在目标。

当今的严子陵，或许只好大隐于市吧？

最便宜的是流水线上生产的东西，已经有许多活物也成为此类产品了。去超市买一条喂养的鱼，远比到河里钓一条来得方便，还省钱。

现在可以隐匿在一个街区里，关掉手机，切断网络，没人会知道你，也没人来关心你。

只是你能不能忍受这样的生活？

隐逸需要清风朗月的拂照，还需要有一颗古人的心。

不知道是不是因为富阳人的缘故，与鲁迅比起来，郁达夫多少有些隐士之风，一如两者名字所显示的："迅"乃一种入世的奔跑，"达"则飘散着逸气。

但迅猛的鲁先生并没有真的从军，达夫则在南洋被日本人杀害了。

在富春江上漂游的时候很难想起这些事，我喜欢看渔夫撒网，布下一个陷阱，等待性急的鱼儿上钩，一般来说，它恬淡的同类能维持更长久的生命。

洞桥与施肩吾

　　洞桥即便在富阳也不算有名，历史上却出过一个有名的人物——施肩吾，他有197首诗入选《全唐诗》，做过状元（诗名与身份可能也有若干关系吧），后来潜心研究黄老之学，晚年带领着族人漂洋过海去寻仙境，终老于澎湖列岛。

　　施诗人（或施状元、施老道）的名字颇有意味，"肩吾"——其中含了类似拔着自己头发试图脱离地面的寄寓，看起来虚妄，却超拔而决绝。

　　施的出生地贤德，已经很难找到他当年的遗迹，但青山依旧，我以路边变电器作前景，留下一帧照片，时代的变迁尽显于画面中。1200多年前，哪里有可以视为现代文明标志的此等事物？但生活并不见得因此而贫乏，在精神层面上甚至更加丰富。

　　老庄思想是中国本土精神的产物，虽然就表达方式而言，与西方的哲学不大一样，却凝聚了我们祖先高度的智慧，千百年来，渗透在人们日常生活中，成为自觉的行为，乃至潜意识。

　　此前我没有读过施肩吾，平时也很少读老庄，但为人处世，却经常不知不觉遵循着道家的路子。我是通过耳濡目染，通过浸透在典籍与世俗生活中的影响来接受它熏陶的。尤其是到了新世纪，这种思想，成为足以抵挡现代化负面作用，发挥不可或缺

的平衡与制约功能的精神资源。

施肩吾探寻的是"出世之玄机，无名之大用"，不与时人较一日之短长，眼见朋党之争日益激烈、朝政每况愈下，他辞了官职，到南昌游惟观去潜心修道，并给后人留下《养生辨疑诀》一书。

这书我还来不及细读，在香莲岛，却切实地体会了。

前一天夜里入住时，是随车到达的，并没有注意身边的岩林湖。清晨醒来，感觉有点冷，因此懒得起床，天已经亮了，猛然拉开窗帘，发现面前竟然是满眼碧波，即刻推门而出。此时太阳尚未跃上湖对面的山顶，白霜满地，雾气时散时聚，极美的景致却因为湖边漂荡着垃圾与杂物而大打折扣。只能把镜头对准远处，或者盼望雾愈加浓起来。

这不都近于道家的法门吗？规避俗世，（那湖的中心是干净的）乃至用自己的意愿去遮掩和化解不希望看到的瑕疵，以创造与保留心境的静美。

这与儒家的入世很不相同。

而雾居然也就益发浓厚起来，几乎什么也看不清了，雾中透出一点阳光，一点朦胧的山影，都如同濡染开来的水彩，有一种说不出的绮丽。

后来过了中午，我们再到湖上来荡舟，味道就完全不一样了。

对我而言，施肩吾也就像这种不确定的存在，似乎能够透过文字看见他，其实并无法看清楚。岁月太厚，就如同浓雾，穿过它需要的眼力常人很难具备。

洞桥为这个世界贡献了施肩吾，但我们能够认识他的学说与价值吗？在名为《桃源词》的诗里，这位唐代诗人不无伤感地吟唱："归去不论无旧识，子孙今亦是他人。"

目下即便老庄，又有几个中国人在读？

一千多年前的施，似乎已参透今天的现实。

如他真成了仙人，对不肖子孙，又会讲些什么？

后　记

　　文章是陆续写下来的，前后总有十多年吧；照片也是陆续拍的，亦六七年了。写文章时，有的是约稿，也有的只是兴之所至随手涂抹。与一般游记略有不同处，在于往往并非纪实，更多的是表达面对风景时的感触。照片则多为纪实，这样放在一起，倒是相得益彰。

　　其实照片也完全可以用来表达个人性情与感触，或更多的创意，考虑到本书宗旨，也就选了现在这么一些。

　　杭州是我们后半生的栖居地，住久了，总有感情，益于创作；但另一方面，司空见惯，不容易生出感动；这就决定了此书的长处与短处。

　　希望大家能够喜欢，毕竟这是一个从前被称作天堂，现在则是多处景观获评世界文化遗产的地方。

　　感谢钱国丹女士与七彩书香的朋友们，使此书得以面世。

赵健雄　沈沥浙

2012/2

200